怪奇捷運
芙蘿 著
物語
2
神劍戲月

怪奇捷運物語 2 神劍戲月

目次

晚間約莫九點，明月高懸夜空，北投區中山路林曉大樓內，三個戴口罩、透明面罩並著白色防護衣的人，正沿著圓弧形的陳舊走廊往電梯移動，準備離開這棟建築。

停在電梯前的三人分別是：刑警楊志剛、檢察官宋白石和法醫羅震坤。

電梯一到，門一開，宋白石、楊志剛前後進去，輪到羅震坤的時候，卻突然響起超載警示音。

羅震坤反射性地要步出電梯，楊志剛眼明手快地一手拉住他，一手按關門鈕。

宋白石疑惑地說：「剛才我們和員警一起搭這台電梯上來還好好的，怎麼現在才三個人就超載？」

羅震坤聳聳肩說：「大概是電梯老舊吧。」

他的手機鈴聲突然響起，於是羅震坤對兩人說：「沒關係，你們先下去吧。」說完就拉開楊志剛的手，步出了電梯。

楊志剛瞪大眼睛，不爽地說：「喂，你把我的話當放屁啊。說了這裡是『筒仔米糕』，不能落單了。快進來。電話到一樓再回撥啦。」

「迷信。」宋白石翻了翻白眼，按下關門鈕，對羅震坤說，「樓下見。」

電梯關門的同時，楊志剛對羅震坤喊著：「你現在趕快回去找那兩個員警，不准落單，聽到沒？」

「好啦、好啦。」羅震坤敷衍地點了點頭，接起電話。

但來電已經斷線。

而楊志剛和宋白石搭的電梯已下樓，羅震坤按下另一台電梯的向下鈕，心想：外頭那些傳得繪聲繪影、關於北投三大凶宅之一的「筒仔米糕」的流言都不可信。如果真的有什麼，那我早就「看見」了。

羅震坤敢一個人行動並非因為他不信牛鬼蛇神，而是因為他前陣子才因緣際會被一隻狐狸精開了陰陽眼。性格向來膽大剛正的他，就算見鬼都不怕，反而很高興自己有更多機會幫死者找到線索或兇手。更何況他從進到這棟大樓以後，一個鬼影都沒看到，又有什麼好怕的。

這時的他還不知道——有時候，真正的危險往往是看不見的。

他看了一眼手機螢幕，上頭顯示的來電號碼很陌生，正猶豫要不要回撥時，另一台電梯門馬上就開了，代表這台電梯原本就停在這一樓。

「這麼巧？」羅震坤沒想太多，馬上就踏進電梯，按下一樓樓層鈕和關門鈕。

電梯門緩緩關上的同時，也切斷了手機訊號。奇怪的是，他再察看手機的通話紀錄時，發現根本沒有未接來電。就好像從頭到尾都沒有來電一樣。

他尋思：該不會是手機壞了吧？手機也會中毒嗎？晚點問問天兵好了。

一樓到了，電梯門開啟。他一邊將手機放入褲子口袋，一邊步出電梯。然而，他並沒有看見楊志剛、宋白石和其他員警。空蕩蕩的大廳裡，一個人都沒有，連管理員都不在。

他納悶地走出大樓，發現連警車也不見了。

「先走了？不會吧。」他感到奇怪，馬上打電話給楊志剛，但是對方正在通話中，打不通。於是他又打給宋白石，結果是一樣。於是他傳了LINE訊息給楊志剛和宋白石，跟他們說自己會搭捷運回去。

案發地點所在的林曉大樓，距離捷運新北投站不到一公里，路線單純，沿著中山路直走就能到。

觀察力敏銳的羅震坤，走不到三十秒就發現不太對勁。

中山路上都是北投區地標性景點，溫泉會館和住宅又多，假日遊客如織，就算是平日晚上也不至於路上一個行人也沒有。但是現在，他一路經過地熱谷、露天溫泉，不只一個人，連一輛車都沒看見，周遭更是寂靜得不可思議。雖然沿路仍有燈光，但總覺得好像比來的時候還暗上許多。

這種感覺像是進到平行時空，又像是進入某種幻象，更像是被鬼遮眼、鬼摀耳，使他感受不到四方動靜。

突然有個念頭閃過他腦海：如果我看不到周圍的人車，周圍的人會不會也看不見我？

他隨即留意到夜空中明亮得有些刺眼的圓月，仰頭喃喃自語：「是滿月？」

今晚的月亮有點嚇人，看起來特別大，好像離地球特別近。也許是周圍一片漆黑，襯托得它額外明亮，但又亮得很古怪。因為它的光亮似乎只在於本身，彷彿它之所以這麼亮是因為把旁邊的光線全給吸走那般。

他不是一個膽小的人，這一路走來卻發現了諸多異樣，也開始有點心慌了，下意識就打給好友——許樂天。

「喂，地雷？」

聽到許樂天的聲音，羅震坤稍微安心了下來。他繼續邊走邊說：「喂，天兵啊。對，是我。也沒什麼，就是突然想跟你聊聊，然後也有事想問問你。」

「好啊。你人在哪？」

「我在北投。剛跑完一個案子，現在正要走去新北投站，搭捷運回家。」

「北投離你住的木柵很遠耶。有沒有順路的同事能載你一程？」

「沒。沒差啦，我已經走到北投公園了，很快就到捷運站。對了，滿月會對陰陽眼有什麼影響嗎？」

「呃，這個嘛……月相對我沒什麼影響，但我是先天，你是後天。等小狐狸回來，我再幫你問問她吧。」

「她不在啊？什麼時候會回來？」

「唉，我也想知道。」許樂天忽然想到什麼，連忙問羅震坤，「等一下，你為什麼突然這麼問？發生什麼事了嗎？你還好吧？」

「還好、還好，不用擔心。就是覺得有點奇怪……」羅震坤說到一半，突然停下來。眼前出現的景象太過怪異，令他一時愣住了。

北投公園內有兩個知名景點：一個是外觀如大型樹屋的「北投圖書館」，一個則是日式斜角木造屋頂混搭英式紅磚拱門的「北投溫泉博物館」。

此時早過閉館時間的北投溫泉博物館，不僅燈火通明、歌樂聲不絕於耳，門口還有好幾位身穿和服、說日語的美艷女鬼在攬客。而那些客人當中，全是各形各色的鬼；有些鬼還很環保地自帶小臉盆和毛巾！

問題是，他以前參觀過這間博物館，日治時期的溫泉澡堂早就沒有了，只剩下建築物本身啊。

手機那頭傳來許樂天的聲音：「地雷？怎麼話說到一半就不說了？到捷運站了嗎？」

羅震坤回過神來，「還沒。天兵，我問你，你知道北投溫泉博物館嗎？」

「好像在哪聽過。我幾年前有去過北投公園，也在捷運新北投站附近。公園以前是打寶可夢『快龍』的聖地。那個時候，公園人山人海，像跨年一樣。」

「對，博物館就在北投公園內。」

許樂天這才想起來，「對對對，我有印象了。博物館旁邊還有市立圖書館。為什麼突然提到它？現在是疫情期間，這類的場所應該都沒開吧？」

「它好像……在滿月下會變成鬼經營的溫泉澡堂。」

「啊？真的假的？」

這時突然有一通來電插撥，羅震坤看了一眼螢幕，是楊志剛打來的，便對許樂天說：「我有通電話要接。晚點再打給你。」遂結束通話，轉而接起楊志剛的來電，「喂？你們在哪？」

電話另一頭的楊志剛明顯在氣頭上，「你還敢問我們在哪！我們從頭到尾都在一樓大廳等你。我以為你回去找員警，但是我打給他們，他們一路走到電梯廳都沒看到你。他媽的你到底人在哪？」

羅震坤一頭霧水，「我在北投溫泉博物館前。我剛才搭電梯下來都沒看到你們，以為你們已經先走了，所以就想自己走去新北投站、搭捷運回家。我剛才有傳LINE給你們，沒看到嗎？」

「屁啦，我和白白都沒收到。」楊志剛說到這頓了一下，語氣從火大變成困惑，「你說你現在已經走到外面了？不可能啊，剛才我們一到一樓大廳，旁邊的電梯也下來了，但是電梯打開並沒有人。這棟大樓總共就兩台電梯，我和白白一直看著電梯，不可能沒看到你下來。而且一樓大廳有管理員，門口還有其他警察，怎麼大家都沒看到你？」

「我怎麼知道？反正我現在人已經走到溫泉博物館前了啦。」

「幹，就叫你不要落單了，現在果然又發生怪事了吧！」

羅震坤雖然也感到疑惑，但他的注意力很快就被博物館門口前的畫面給吸走。

兩個穿著和服的女鬼正各自拉著男遊客進去，而他們都是活人。

羅震坤擔心他們真的被拉進去以後會有危險，便對楊志剛說：「糟糕！他們好像快要被拉進去了！不行，我要去阻止那兩個女的。」

「你說什麼？進去哪裡？」

「就是博物館啦。」羅震坤說完便草草掛斷電話。

「這個時間還沒閉館嗎？不對，疫情期間根本沒開啊。喂？喂？幹！」楊志剛咒罵了一聲，隨即奔向外面的警車。

宋白石也在他後面奔跑，急問他：「發生什麼事？」

「先上車再說。」楊志剛發動引擎，宋白石一上車，他馬上踩油門、疾馳而去。

林曉大樓與北投溫泉博物館很近，開車甚至不用一分鐘就到了。當警車在博物館前急煞時，整座博物館連同旁邊的圖書館都是漆黑的，顯然早已閉館多時。

楊志剛和宋白石奔向博物館入口，然而周圍除了他們兩人以外，一個人也沒有。宋白石拍了拍入口的木格子門，喊道：「地雷？地雷，有聽到我們的聲音嗎？裡面有人嗎？」

她說完就繞著博物館外圍跑，試圖尋找其他入口。

楊志剛趁宋白石離開，從鞋底掏出開鎖工具，黑夜之中，照樣三、兩下就把博物館門給開了。

門口的定時警報器隨即響起，想必是博物館做的雙重防護機制：若大門在設定的時間段以外被開啟，警報也會被觸發。

楊志剛不慌不忙地將門關上，把警報器電源線拔掉，接著收起工具，拿出手槍入內。館內唯有緊急照明燈亮起，環境雖昏暗，但憑藉外頭的公園路燈燈光，勉強看得清周遭環境。裡頭一個人影也沒有，楊志剛邊走邊喊「地雷」，但無人回應。

博物館佔地不大，又只有兩層樓，就算是有根釘子掉下來，他都能聽得一清二楚。然而四下靜悄悄的，除了他自己的腳步聲外，就只有外頭宋白石的叫喊聲而已。

入口是在博物館二樓，楊志剛快速將該樓層掃過一遍，下到一樓繼續找。當外頭的宋白石手機燈光照到裡頭的楊志剛時，分別站在館內、外的兩人隔著拱形木窗，交換了疑懼的眼神。

楊志剛再度撥了一通電話給羅震坤。電話一被接起，楊志剛就聽見電話另一頭吵雜的背景音，有著弦樂、歌聲和熱鬧的喧嘩聲。

他忙問：「你在哪？」

羅震坤說：「博物館裡，但是……」聲音斷斷續續，而且有滋滋雜訊，「浴池……鬼……有鬼……」

楊志剛環顧一圈，越聽越毛，正想說點什麼時，電話忽然中斷了。再回撥就只聽到罐頭語音：「對不起，您撥的號碼已關機，請稍後再撥，謝謝。」

「幹！」楊志剛抓狂地大罵，「地雷，你他媽的到底人在哪啊？」

圓月之下，林曉大樓的屋頂邊緣站著兩個小女孩。

她們看起來大約十歲，有著相同的樣貌和身材，也同樣留著齊劉海、公主切，那又黑又直的長髮與黑色和服融為一體，在黑夜中若隱若現。

她們的皮膚如藝妓般死白，唇瓣卻塗得血紅，帶有一股鬼魅腐朽的氣息。

其中一個女孩身上的黑色和服有著華麗的金絲繡花。她一邊低頭俯瞰著中山路，一邊玩著劍玉，說道：「這個男人有陰陽眼，必須殺掉。不然他遲早會壞了大事。」

另一個身穿黑底繡銀花和服的女孩回道：「不，士林地檢署的法醫只有兩個，另一個已經快退休，把這個變成我們的人，對我們更有利。」

她們的談吐成熟陰狠，與童稚的外貌截然相反、毫不相襯。

當男人消失在北投溫泉博物館門口時，繡金花和服的女孩恰巧將劍玉的木球向上一拋，持劍刺入球洞中。

繡銀花和服的女孩笑道：「上鉤了。」

她們同時看向北投溫泉博物館，嘻嘻笑了起來，隨即消失身影。

圓月之下，只剩令人毛骨悚然的笑聲迴蕩在黑夜裡……

清晨，許樂天房內的鬧鐘響起。

被吵醒的他，一如往常地按掉鬧鐘、戴上眼鏡，下床往廁所走去。

經過陽台時，他的餘光瞥到落地窗外有個人影。

轉頭一看，赫然驚見陽台上有個赤裸的女人，正伏在地上睡覺！

有恐女症的他嚇得往後倒彈一大步，接著跑回床邊拿手機。

他正要撥打110報警時，陽台上的女人頭上，突然彈出狐狸耳朵和尾巴！

「嗯？」他的神情從驚慌轉為驚喜，但又有點不敢相信，「小狐狸？妳終於回來了！」

他一個箭步向前，拉開落地窗，正要彎腰、伸手叫她的時候，她突然動了一下，這麼一動，耳朵和尾巴竟又消失了。

「小狐狸？是妳嗎？」

他的手馬上又收回來，改拿陽台上晾衣服用的撐衣杈輕戳她的小腿。

小狐狸悠悠睜眼，懶懶回：「廢話。」接著毫不避諱地在他面前伸懶腰，雪白的嬌軀展露無遺。

他下意識轉身迴避，從床上拿起薄被，一手摀眼、一手遞給她。

「妳不是可以用幻術變衣服出來嗎？怎麼現在沒了？」

她站起來，用薄被裹住自己，邊打呵欠邊說：「節省靈力啊。我變成半人半妖以後，靈力就消耗得很快，而且很容易餓。所以我睡覺的時候，都直接變回原身，就不用耗靈力變衣服出來了。只不過我最近常常睡到一半就變回人形，從樹上掉下來，這兩天甚至沒辦法再變回原身。」

從她取得驚雷珠，在辛亥山區歷雷劫、成功重生後，就變成半人半妖的狀態。而肉身正慢慢從狐狸身過渡到人身，因此她現在不能像過去一樣隨意念任意切換狐身和人身，這點讓她很困擾。

「啊！那妳這兩天在外面該不會都被看光了吧？」他急問，「妳忘了妳現在已經有肉身了？以前只有陰陽眼的人才看得到妳，現在所有人都看得到妳了。」

「我這幾天都在深山裡，很少遇到人。而且就算看到了，那又怎麼樣？」說到這，她的狐狸耳朵又彈出來了。

她摸摸狐狸耳朵，皺眉說：「耳朵和尾巴也會一直不受控地彈出來，超麻煩的。」

「不行不行，我還是請假好了，得趕快帶妳去買些衣服。」許樂天拿起手機，「啊今天是中秋節，本來就不用上班。對了，妳找到麗麗了嗎？」

她嘆了一口氣，「還沒。」

「那妳怎麼會來找我？」

「當然是因為想你……」臉皮薄的她說到一半又改口，「做的烤雞啊。」

小狐狸因為吸食過多許樂天的精氣血，與他產生了牽絆，能感受到他這幾天的思念和哀傷，所以她在找不到麗麗的情況下，才決定先回到他身邊。

「喔，原來是這樣。」許樂天微笑，「那我現在馬上去買菜回來做給妳吃。等妳吃飽了，再帶妳去買衣服。」

「不要，等雞烤熟，我都餓死了，你家裡有什麼就先煮什麼吧。比起吸收天地靈氣，吃東西補充靈力的速度比較快。」

「喔，我懂了，就像油電混合車一樣。不過依妳的情況，比較像是無線充電和生質能。」

他說了一堆名詞，她都聽不懂，心想：他平常那麼呆，怎麼和麗麗一樣都懂得那麼多我不懂的事。難道是因為他們都有上過學？那我也要去上學。

想到這，她的肚子忽然咕嚕嚕地叫，便又催促許樂天：「還不快點。」

「好，馬上馬上。妳這幾天在野外應該吃得不太好吧？」

他走到開放式廚房準備食材的時候，她也跟過去，盤腿坐在中島吧檯上。

小狐狸看著他正手忙腳亂地為自己料理的背影，覺得很溫暖、很療癒。同時，她也感受到他的雀躍，心想：他看到我就這麼開心？真奇怪。

渾然不覺此時她自己也正在微笑。

沒一會，他端著熱騰騰、香噴噴的雞柳條到她面前，提醒她：「小心燙。」

她徒手抓起，一吃就驚呆了，心裡讚嘆：怎麼這麼好吃啊！他該不會是食神轉世吧？雖然她以前也吸食過他的料理，但是用唇舌品嚐比單純「吸食味道」美味太多了。對於這幾天只吃了山裡野果子和蟲子的她來說，這盤雞柳條簡直就是人間珍饈。要是能完全轉生成人，食物嚐起來一定更美味吧？當人實在太幸福了！

她邊想邊抓起一大把雞柳條往嘴裡塞。

他看她吃得像餓死鬼投胎，便遞了杯水給她，「慢慢吃，我們不趕時間。吃完再帶妳出門去買衣服。」

他話音方落，小狐狸已經把整盤都吃個精光，現在正在舔盤子。

他凝視著她，微笑說：「妳這次回來就別走了，以後我天天煮好吃又營養的東西給妳。」

她覺得有點窩心，又有點狐疑，便挑眉問他：「幹嘛？難道你也想養寵物？」她仰頭、抱胸說，「我只認麗麗一個主人，誰都不能取代她在我心中的位置。」

「不是，我是想當妳的『家人』。」

「家人？」她一雙漂亮的桃花眼瞪得圓圓的，驚奇地問，「人跟妖也能成為家人嗎？」

「當然可以。只要妳願意，我家就是妳家，妳想待多久都行。以後我們一起過中秋節、聖誕節，跨年……所有節日。對了，妳訂個日期當生日，這樣往後我就能幫妳慶生了。」

許樂天邊說邊從客廳電視櫃裡拿出一盒新手機。他觀察到小狐狸常穿白衣，猜測她喜歡白色，所以手機挑的也是白色款。

他一邊開機，一邊說：「這支手機是我之前買給妳的，已經都設定好了，一開機就能用。」

說到這，他突然停下動作，帶探詢的眼神問她：「不過，妳喜歡這個款式嗎？」

他的所作所為給了小狐狸一種強烈的歸屬感。她看都不看手機一眼，只是凝視了他一會，才點頭說：「喜歡。」

「那就好。」他鬆了口氣又問，「那個……我能在妳的手機裡安裝定位ＡＰＰ嗎？也許還可以再刷機、建立底層定位功能，這樣就有雙重定位機制。只要妳帶著它，就算沒有網路訊號，只有通話訊號，我都能找到妳。」

「這麼厲害？」絨絨點頭，「可以啊。」

「太好了。這樣應該就不會再失聯了吧。對了，妳會想要換個稱呼嗎？」

小狐狸眼珠轉了一圈，反問他：「譬如說？」

「我想想……我們是在捷運上認識的，『運』是運氣的運，那『好運』……」

小狐狸瞇起眼睛，抱胸說：「你敢給我取『Lucky』試試看。」

「呃，要不然……碧湖和大湖都有『湖』字，那叫『小湖』……？」他聽見她握拳時手指發出喀啦喀啦的聲響，話音便越來越小，「『園園』？公園的『園』？」

此時她的狐狸尾巴突然跑了出來，她靈機一動說：「絨絨。毛絨絨的『絨』。就這麼決定了。」

「啊？」他心想：這有比較好嗎？

「怎麼？有意見？」

「沒有沒有。」

他搖搖頭，將她的手機遞給她，趕緊低頭將自己手機通訊錄中「小狐狸」的姓名改成「絨絨」。

出於狐狸本性，她一拿到手機便是先嗅聞一番，接著又啃了一下。

「咯。」手機頓時發出玻璃碎裂聲。

兩人同時睜大了眼睛，絨絨奇道：「我沒咬很大力啊。」

許樂天看著上面的蜘蛛網紋，驚道：「妳牙齒沒事吧？」

「沒事啊。」絨絨又說，「口感還不錯，脆脆的。」

這時她看向他的手機，他意會過來，馬上把手機藏到背後，「別別別。要是妳喜歡這種口感，以後我做焦糖烤布蕾給妳吃。」

檢查過後，幸好她咬碎的只是螢幕上貼的鋼化膜，撕掉再重貼一張新的就好。

絨絨天資聰穎，許樂天教她操作一遍手機，就都記下了。

她看他教得認真，忽然神情轉為嚴肅，口吻鄭重：「你把我當家人，我自然也會把你當家人，以後你就是我罩的了。」

「啊？等等，妳是不是不太知道『家人』是什麼意思啊？」

「知道啊。不就是你罩我、我罩你嗎？」

「這麼說也不能說錯，但是——」

一陣電鈴聲忽然響起，打斷他們的對話。

「這個時間，會是誰啊？」

絨絨動了動鼻子，「是陌生的氣味。」

許樂天戴上口罩，一打開門就看到一位穿著休閒襯衫和牛仔褲的男人。男人中等身高但身材精實，梳著一頭有型的短油頭，戴著口罩，看不出整體樣貌。

對方亮出刑警證，對許樂天說：「許先生嗎？有事詢問。」

許樂天感到一絲怪異，因為對方的身分與穿著有著違和感。

這個刑警不僅梳著時尚有型的小油頭，身上還有Montblanc的經典款香水味；襯衫和褲子都是訂製的，而且還都燙過；手上戴的不是普通的電子錶而是陀飛輪。以一個刑警來說，他似乎太重視打扮了。

許樂天之所以看得出來這些，是因為他本身就家境優渥，只不過向來個性低調、不愛炫富罷了。

他從警證上讀出「楊、志、剛」三字時，楊志剛正打量著一旁裹著棉被的絨絨，語帶笑意地說：「要不然，我晚點再來？」

「不用，給我們五分鐘就好。」許樂天說。

他們在談話之際，絨絨眼珠轉了一圈，先回了房。

「五分鐘不夠吧？」楊志剛對許樂天揚了揚眉。

儘管他穿著講究，身上流露的氣息卻是雅中帶痞，神情舉止有些輕佻，甚至可以說是匪氣。

許樂天意會過來，霎時滿臉通紅，「不是你想的那樣。請在外面等我們一下。」說完便打算將門關起。

沒想到楊志剛直接「啪」的一聲，用力抵住門說：「不是那樣就好辦了。情況緊急，我就直接問了。」他直切主題，「我是來問羅震坤的事。」

許樂天立即將門拉開，「地雷？他怎麼了？」

楊志剛斂起笑意，「他失蹤了。」

許樂天驚呼：「啊？不可能啊，我昨天晚上才和他通過電話！」

「我就是因為這樣才來。按照通聯紀錄，你是他失蹤前，除了我以外，最後一個通話者。他昨晚跟你說了什麼？」

楊志剛話一說完，瞥見絨絨已經換了合身的白T恤和淺色牛仔褲出來。他表面上不動聲色，實則暗自心驚，腦中一連串疑問閃過：她怎麼換這麼快？才進去不到十秒鐘。這麼漂亮的女孩，會是網紅嗎？還有，疫情期間，室內開冷氣、不通風，有陌生人上門，她都不想戴口罩嗎？許樂天自己戴了口罩，怎麼沒提醒她戴？

許樂天沒有向楊志剛透露完整內容，因為他擔心若將羅震坤有陰陽眼的事說出去，有可能會橫生枝節，帶來不必要的麻煩。

但楊志剛一眼就看出許樂天撒謊，強調說：「你確定只有這樣？要不要再回想一下？他失蹤得很蹊蹺，可能會影響很多重大刑案的進度和結果。」

許樂天猶豫之際，楊志剛摸了摸鬍碴，思索了一會，忽然開口：「你知道他昨天打給你之前，人在哪嗎？」

「我只知道他在捷運新北投站和北投公園附近，應該是剛相驗或解剖結束？」

「對。他相驗的地點就是『筒仔米糕』。」楊志剛看出許樂天的疑惑，又進一步解釋，「筒仔米糕是北投的一棟住宅大樓。它的綽號與美食沒有任何關係，而是來自具辨識度、磚紅色圓筒型的建物外觀，看起來就像淋了醬汁的筒仔米糕。」

「所以呢?為什麼特別提起他相驗的地點?」

「那個『錦新大樓』、『獅子林大樓』和『西寧國宅』(註1)我是不知道，但北投就在我們轄區內，『筒仔米糕』就是北投三大猛鬼樓之一，裡面都嘛怪事一堆。地雷在失蹤之前，發生了很奇怪的事，甚至應該說，是科學無法解釋的事。」

說到這，楊志剛試探：「我在想，這會不會與他的『靈異體質』有關?現在任何線索都很重要，你還是將你們昨天晚上的對話原封不動全告訴我，不然再這麼拖下去，可能會錯過黃金救援時間。」

許樂天心性單純，又非常擔心羅震坤，聽楊志剛這麼一說，便將昨晚的電話內容原原本本地告訴他，但把「小狐狸」巧妙地換成了坐在旁邊的「朋友」絨絨。

楊志剛又搓了搓鬍碴，心想：果然這個許樂天一開始有所隱瞞，是不想讓別人知道羅震坤或他自己都有靈異體質。不過知道了這些，對於案情推導沒有幫助啊。

他看一旁的絨絨若有所思的樣子，便轉而問她：「妳是不是知道點什麼?為什麼許先生跟羅震坤說，『滿月是否會對後天陰陽眼有影響』這件事要問妳?難道妳也有後天陰陽眼?」

絨絨輕笑一聲，「不知道啊。我沒有後天陰陽眼啊。」

但楊志剛從她的神情可以看出她肯定知道什麼，而且她覺得他的問題很蠢。

許樂天擔心羅震坤的安危，忙問楊志剛：「我知道的都已經告訴你了。你剛才說地雷在失蹤前，發生了科學無法解釋的事，是什麼？」

註1：台北著名的「三大鬼樓」分別是中山的「錦新大樓」、西門的「獅子林大樓」和萬華的「西寧國宅」。三棟大樓都曾發生多起凶殺案或火災，且事後頻頻傳出靈異事件。

第二章 自相矛盾的案件

昨日，晚間八點多，北投區中山路山坡上的林曉大樓內。

某戶客廳裡，楊志剛和宋白石正站在門旁角落，安靜地看羅震坤相驗屍體。疫情期間，三人都全副武裝、穿得像北極熊，不僅戴口罩、透明面罩，還套著白色防護衣。

林曉大樓結構是圓柱形，圓心是電梯井，往外是一圈走廊，再往外一圈則分割成若干住戶。三人所在的客廳格局就像是被人偷吃了一口的切片蛋糕，朝走廊的那面是朝內凹的圓弧狀，另一頭對外窗那面則是朝外凸的圓弧狀，設計十分奇特。

九月的夜晚，天氣仍舊悶熱，室內屍臭味濃重，麗蠅不時飛舞，客廳凌亂得彷彿發生過大地震似的，置物架倒在一旁，東西掉得到處都是。

死者面朝下伏臥在客廳地上，頭朝房間，屍體呈巨人觀（註1）；全身腫脹得似乎隨時會爆炸。手腳末端皮膚發紺、已呈手套狀脫落，軟組織也開始液化，所以屍體除了下身有排泄物外，周圍也有屍水流出。

正蹲在地上、不畏屍臭和屍水，專心相驗的是士林地檢署的法醫——羅震坤。

留平頭的他五官深邃、濃眉大眼，膚色是健康的小麥色，高大健壯的身材將隔離衣撐

註1：人死後屍體若未即時處理或保存，屍體內會逐漸累積腐敗氣體，導致屍體逐漸腫脹，最後呈現「高度膨大的現象」。這種腫脹與浮屍的「浮腫」不同，但兩者的情況都會使死者外貌變化，有些外觀特徵也會因此消失，使檢調單位與家屬更難辨別死者身分。

得有點緔，給人一種健康、陽光的形象，與一般人對法醫那種蒼白文弱、沉默寡言、周身冒鬼火的刻板印象完全不同。

口罩可擋不住死亡多日的屍臭，站在他後方的楊志剛忍著想吐的衝動，上前一步正要開口詢問，羅震坤抬手制止他，「別過來。你會影響我相驗。」

「幹嘛？」楊志剛笑問，「我穿成這樣，你還是感受得到我的魅力？」他邊說邊退回去。

宋白石冷眼瞪楊志剛，「講過多少次了，叫你跑現場不要噴香水，臭死了。」她的名字雖偏男性，實則是個不折不扣的女兒身。宋白石的頭髮剪至耳上，眉眼間有股英氣，行事作風有著女檢察官特有的冷靜、理智和犀利。

「恕難從命。」楊志剛攤手，「我就是個精緻的男人。」

宋白石懶得再理他，問羅震坤：「地雷，有幫助辨別身分的特徵嗎？屋主獨居，家屬都住外縣市，暫時還聯絡不上。現在還不能確定他的身分。」

楊志剛又補了一句：「雖然依現在的……尊容，也很難指認了啦。」

地雷是羅震坤的綽號。三人雖職務、層級有別，但因共同偵辦多起案件而熟識，彼此都互相欣賞才能，再加上年紀相仿、都三十出頭，不吃官僚那套，所以相處時不如其他案件偵調人員那般拘謹客套，都是以綽號稱呼彼此，默契程度更像是一個團隊。

羅震坤根據屍體狀況和周圍擺設和物品判斷：「看不出明顯的胎記或舊疤，只看得出是男性，年齡大約在七十以上，老花眼、左撇子，有抽菸習慣；走路外八，右腳有些行動不便。指紋採集情況不理想，但也許可以透過齒列對照健保紀錄，過濾出身分。」

接著他切入正題：「死亡時間大約介於十到十四天之間。雖然有外傷，但疑似是摔倒在地造成的擦傷和挫傷，都不致命。有可能是意外跌倒導致顱內出血、中毒或是發病，要進一步解剖才能確定死因。別擔心，我一定盡力。」

楊志剛不再嘻皮笑臉，正色道：「照你這麼說，『非他殺』？沒有打鬥痕跡或任何外力造成的傷口或窒息嗎？屋主平常少與人往來，案發現場也沒有外人進入的跡象，身上也沒有致命外傷，但是環境卻一片凌亂，像是經歷過一場打鬥。」

他一邊透過口述，一邊模擬：「假設他就是屋主，如果突然身體不適，應該會想奪門而出或打電話求救。按照現場的情況來看，卻不是這樣。我推測案發當時有人突然上門，造成屋主心生恐懼，一邊後退，一邊拿茶几上的水杯、菸灰缸砸向門口，接著又為了擋住對方，把電視櫃旁的置物架拉倒，再轉身逃往房間。只是人還沒進到房間，就被推倒在地，也許是腦震盪或其他原因，就此倒地不起。」

宋白石同意楊志剛的說法，「鄰居曾說過一、兩個禮拜前，有聽到屋主半夜忽然大吼大叫，也有聽到摔東西的聲音，卻聽不清楚屋主講的內容，也沒有聽到其他人的聲音。我們調走廊監視器出來看，這一個月來都沒有外人進出過屋主家。」

楊志剛的手機響起，他接起電話一聽，眉頭一緊，「嗯，知道，謝啦。」他掛斷電話後對兩人說，「部分鑑識結果出來了，全室的指紋和腳印都是死者的，沒有任何外人入侵的跡象。」

宋白石不悅地說：「又回到原點了。最近類似的案件已經連續有六起，都在北投區，受害人都是獨居老人，死因都不是染疫發病，全是急性硫化氫中毒，造成突發性昏迷與呼吸衰竭，進而猝死，而且案發環境都是密室。我懷疑這是連續殺人，只不過兇手有辦法抹除入侵痕跡，所以才特別請你親自出馬。」

一般情況下，地檢署的法醫是不需要第一時間到場相驗，通常是檢察官或刑警在檢驗員（註2）「行政相驗」後，認為死因可疑，才會再進一步請地檢署的法醫進行「司法相驗」，或是到醫院或殯儀館進行「解剖」。

羅震坤站起身，走向他們說：「我知道。前面五起案件都是我解剖的。」他再次強調，「死因都是硫化氫中毒，沒有致死外傷，也沒有外力導致的窒息跡象。」

楊志剛說：「一開始鑑識員拿儀器來測試時，的確偵測到高濃度的硫化氫，但怪就怪在這裡，他媽的濃度竟然比地熱谷還要高，這根本是不可能的事。」

宋白石補充：「而且從台水公司提供的監控數據來看，這一個月來，這一區水質並沒有顯著變化，理論上硫化氫濃度不可能突然升高，更不可能高到致命。」

羅震坤贊同：「這點我也知道。過去硫化氫中毒的案例，多半是在清洗溫泉儲水槽時中毒身亡，就連泡溫泉中毒都很罕見，更何況是普通住戶。所以我也覺得可疑，才答應跑這趟。但就目前來看，性質真不像是他殺，死因還是要解剖才知道……等等！」他換上一副新手套，撿起地上的紅色透明塑膠小豬撲滿，並將裡面的銅板都倒出來。

由於鑑識員和化學兵已經來過，所以室內物品基本上已可以移動。

楊志剛和宋白石立即湊過去看，他們也很快就發現，撲滿裡的銅幣最上面一層全變黑了。

宋白石奇問：「這是硫化？」

楊志剛說：「對，而且是空氣中硫化物含量瞬間拉高又降低造成的。鑑識員來現場勘驗的時候就有發現。」

宋白石疑問：「但是這就與台水的檢驗報告不符了。會不會是兇手故布疑陣？」

羅震坤對宋白石說：「安全起見，我建議派員警訪察整棟大樓的住戶。」

宋白石挑眉，「你是懷疑還有其他隱性受害人？」

註2：依照台灣現行流程和體制，執行「行政相驗」的人員稱謂為「檢驗員」，並非「法醫」

羅震坤保守地說：「我不知道。」

「如果是這樣的話，其他五起應該也要比照辦理。」宋白石說。

站門口的兩名年輕員警聽到宋白石這麼說，互看一眼，同時小聲罵了聲髒話——這六起案件都在他們管區。

正事談得差不多了，楊志剛又回到平常的痞樣，他張臂搭上兩個員警的肩，開玩笑說：「簡單啦，你們就六棟樓都『誤觸』火災警報器，看哪一戶沒跑出來再去查就好啦。」

宋白石沒好氣地說：「又不正經了。你這個流氓，少帶壞其他人。」

楊志剛攤手說：「冤枉啊，我又不是叫他們放火，哪裡不正經了？」

此時，羅震坤東張西望，自顧自地走進隔壁的房間察看。

楊志剛一察覺，連忙跟上去，「幹嘛？你在找什麼？」

羅震坤小聲喃喃說：「就想說他可能還在……」

「什麼？誰？」

「沒什麼。」羅震坤從房間走回客廳，拿下手套，「好啦，我的任務完成了，先走一步。」

「你開什麼玩笑。這裡是『筒仔米糕』耶，不能單獨行動。」楊志剛煩躁地撥了撥頭髮，對走廊上的兩名管區員警招了招手，又比了個ＯＫ手勢，表示相驗結束，可以跑後續流程了。

三人隨即步出死者家裡，往電梯移動。

楊志剛一說完昨晚的經過，許樂天便急忙穿上鞋，打算出發去北投找羅震坤。但是絨絨攔住了他，「警察都找不到，你去就能找到？」

許樂天說：「總不能坐以待斃吧。博物館內找不到，我可以到附近找啊。還有那棟『筒仔米糕』，我也想去那裡找找看。」

絨絨轉而對楊志剛說：「他知道的都已經告訴你了，你可以離開了，我們還有事呢。」

楊志剛笑了笑，乾脆地說：「那我就不打擾了。」

他離開前遞了一張名片給許樂天，「要是你想到什麼線索，隨時打給我。」接著對冷眼看他的絨絨眨了眨眼，「再見，美女。」

門一關上，絨絨便對許樂天說：「我不喜歡他。他的靈魂白中帶灰，而且很混濁、很矛盾，不知道是好人還是壞人。你最好離他遠一點。」

「我沒事也不會聯絡他啊。」許樂天想起剛才楊志剛問她的話，又問她一遍，「滿月對後天陰陽眼到底有沒有影響？」

「我不知道。不過後天陰陽眼本來就很麻煩。」

「啊？怎麼說？」

「在妖鬼的眼中，後天開啟陰陽眼的人，身上不只會散發異香，更會亮起一縷鮮豔的螢紫光芒，就如同黑夜中的霓虹燈招牌，再醒目不過。四面八方的孤魂野鬼都會被他這個活靶引來，到時候他免不了會被惡鬼戲耍欺凌，或是被威逼脅迫為他們做事。一般而言，人鬼殊途，被鬼纏久了，人的運勢就會低落，便會開始倒楣。倒楣久了，就可能發生各種意外。」

許樂天聽到這裡，大驚失色，「妳既然知道，怎麼還幫他開陰陽眼？」

「誰叫他那個時候不相信你說的話！那種鐵齒的人，就該讓他親眼見識見識，他才知道自己根本對這世界一無所知。而且，是他自己說要開的。」

「妳這樣是在害他。要是他真出了什麼事，怎麼辦？」

「那也是他自找的，不關我的事。」

「絨絨！」向來溫和、好脾氣的許樂天動怒了，「他是我最好的朋友，如果他受傷出事了，我和他的家人朋友都會非常傷心的。就好比麗麗失蹤、可能有危險，妳不是也很擔心嗎？」

絨絨聞言覺得似乎有點道理，自知理虧，又不想許樂天再生自己的氣，便態度放軟地說：「好嘛，大不了我陪你去找就是了。等找到他，我就把他的陰陽眼關起來，這樣可以了吧？」

許樂天嘆了口氣，憂慮地說：「其實妳剛才說得也對，警察肯定把可疑的地方都找過了，我去也未必就能找到。現在想想，昨晚地雷跟我說的話和剛才楊警察說的內容是一樣的，地雷可能真的是因為某種科學無法解釋的原因而失蹤。」

絨絨比許樂天多了一個心眼，「你怎麼知道那個警察說的就是真的？他是在你講出地雷說的話後，才告訴你昨晚他們發生的經過，有可能只是順著你的話瞎編，並沒有說實話。」

「不會吧？他有什麼理由騙我？」

「我也只是猜測而已。你不能每次別人說什麼，你就信什麼，這樣會很吃虧。你就是沒被人騙過才這麼天真，乾脆改名叫『許天真』好了。」

「我哪沒被人騙過。只不過我還是覺得大部分的人都是好人，所以沒有必要預設立場，把人想得那麼壞。」

這是他的優點和弱點，不管被傷害過幾次，他始終保持樂觀、善良和對人的信任。若非如此，他也不會對絨絨、樹人等精怪那麼友善。

絨絨心想以後得要好好顧著他，免得他被人欺負。接著她才回歸正題：「你還記得地雷昨晚打給你是什麼時候嗎？」

「九點、十點吧。」他看了一下手機通訊紀錄推算，「十點十四分通話結束，通話時間快兩分鐘，那就是十點十二分打給我的。」

「萬物落於大淵獻。」絨絨思酌，「大小深藏……屈近陽（註3）。」

「萬物什麼？妳說的是古文嗎？」

絨絨點點頭說：「這是我和麗麗開啟藏經環第二圈時，從第二層的書裡看到的。」

許樂天一聽，不禁汗顏。在捷運上與她初遇時，還以為她目不識丁，誰能想到一隻看來比他年輕的野生狐狸精，居然可以信手捻來就是文言文。

「那是什麼意思？我對古文一竅不通。」

「我本來也看不懂，但麗麗什麼都懂。她說是：『萬物看似覆滅，其實是在潛伏、孕育著重生。』」絨絨又說，「先不管警察說的話，單憑你說的，我就聽出地雷在還沒看到博物館前，已經發現哪裡不對勁了。所以我認為，可能是到了亥時，也就是晚上九點到十一點時，捷運新北投站一帶就開始出現異象，但這個異象可能只對後天陰陽眼有影響。當然這些都只是猜測。總之，你先查一下博物館周圍環境，我先搭捷運去大湖公園歸還驚雷珠，然後找小白菇和小綠芽打聽消息。等入夜之後，再去北投也不遲。」

許樂天奇怪地問：「為什麼要向小樹人們打聽？這跟他們有什麼關係？他們怎麼會知道？」

「之前，我在大湖水下與魚妖搏鬥的時候，你看我處境危險，就在陷入昏迷前游過來護著我，還記得嗎？」

許樂天皺眉想了一下，「有印象。但是這兩件事有關聯嗎？」

「別急，先聽我說。你知道你在昏迷的時候，周身突然出現了一道獸紋白光嗎？」

許樂天愕然，「真的假的？那是什麼東西？」

「不知道，但那是我看過最強的護身術了。不過想想也對，像你這麼好騙的人，要是沒有那麼強的護身咒，哪還能活到現在。

「那道白光，我問了小樹人們，他們說那形狀是某尊上古靈獸。只不過這已經算是天機了，所以他們不能說。如果有機緣，我們自然就會知道。」

註3：古代以地支為計時單位，由子時起，亥時終。亥時為晚間九點至十一點。而《爾雅．釋天》提到：「亥，名曰大淵獻。」《占經》中曾對「大淵獻」一詞提出解釋：「萬物落於亥，大小深藏屈近陽，故曰淵獻。」《爾雅》是中國古代最早的辭典，而《釋天》則是專門解釋天文曆法名詞的篇章。

「如果是天機，為什麼他們會知道？」

「這就是重點。天機就是平凡人、妖或鬼無法知道或不該知道的事。但是樹人不一樣，他們是最通曉歷史的精怪，一旦修行到一定程度，他們就能與世界上所有的樹產生連結，彼此能互通共享記憶；樹就等同於樹人延伸的眼睛和耳朵。所以凡人不知道的，他們可能都知曉。」

許樂天驚喜地說：「太酷了吧。那豈不是雲端技術、物聯網和大數據分析？要是有一棵樹活上千年，樹人不就能知道千年前那棵樹周遭發生過的事？」

絨絨聽不懂他前半段說的那串名詞，但後半段聽得懂。她回答：「上千年、上萬年都有可能。不過每棵樹能收集到的資訊有限，樹人得到的訊息都是碎片，得自己拼湊起來，所以小白菇他們可能也不清楚完整的經過。」

「可是，樹根本沒有眼睛和耳朵的構造啊？他們怎麼能夠感知外界？」

「我在重生之前連肉身都沒有，還不是照樣看得到、聽得到、聞得到。」

「有道理耶。」許樂天點點頭，接著回到羅震坤失蹤一事，「麻煩的是，如果滿月真的對後天陰陽眼有影響，導致地雷失蹤。那麼博物館的異象會不會要等到下一次滿月才會再出現？」

「昨晚不是滿月啊。」

「啊？」

「今晚才是滿月。」

聽她這麼一說，他才想到，「對啊。今天是中秋節啊。」

許樂天和絨絨談話之際，全然未覺他們的對話都被樓下車裡、戴著藍芽耳機的楊志剛聽得一清二楚。

他方才猛力抵住門的剎那，便趁許樂天的注意力都放在那隻手上時，另一手往鞋櫃後方貼上了微型竊聽器，手法之快、之準，常人根本無法覺察。他向來不是光明磊落的人，但辦案能力確實一流。

楊志剛不是鐵齒的人，但是許樂天和絨絨的對話實在遠遠超過他的想像。他不由得拍了一下方向盤，低聲咒罵：「靠，這都是些什麼鬼啊。」

第一章 狐妖再現

第二章 自相矛盾的案件

第三章 滿月下的博物館

第四章 澡堂之謎

第五章 摸壁鬼

夜幕低垂，華燈初上，正值下班時間，捷運北投站內喧囂擁擠。

北投站屬於淡水線，該捷運線的代表色是紅色，因此站內幾乎所有指標都是紅底白字，與文湖線的棕底白字不同。

一列披鐵灰外衣、別藍腰帶的捷運靠站，車門一開，許樂天、絨絨與其他乘客們魚貫下車。

許樂天穿著白T恤外搭淺藍色休閒襯衫、淺色牛仔褲，看起來清爽乾淨。絨絨則穿著新買的白色挖背運動背心和緊身深色牛仔褲，玲瓏曲線嶄露無遺，光看身材便已是魅力十足。她刻意戴了一頂鴨舌帽來掩飾狐狸耳朵，如此便可不必費靈力施法隱藏。

說到北投踏青、遊玩，有些人以為是搭到捷運北投站下車。其實觀光景點主要都在新北投站，若要搭捷運到新北投站，就必須先在北投站轉乘，因此這站轉車的人也不少。

一個乘客行色匆匆，正要上車時不小心撞了許樂天一下，害他手上的手機飛了出去。絨絨馬上伸腳將快落地的手機踢起，又用手接住，遞還給許樂天。整個動作快如閃電又一氣呵成，許樂天才站穩腳步，手機就又回到自己手裡了。

那個乘客只回頭瞪了許樂天一眼，神色並無歉意，轉頭便去抓拉環。

許樂天個性溫和寬厚，既不與他計較，也並未因此生氣，只對絨絨說：「好險好險。謝謝妳。」他將手機放進口袋後，又叮嚀她，「現在是尖峰時間，捷運站人很多，妳要跟緊我喔。」

話說完，他才想到絨絨那麼機靈又那麼有本事，總能輕易找到他，自然也不會那麼容易迷路，因此有些尷尬地搔了搔頭。

沒想到絨絨冷不防牽起他的手，輕微恐女的他事先毫無心理準備，便反射性地想伸回手。但絨絨力氣奇大，他被她緊緊牽住，完全甩不脫。

「不是要我跟緊你嗎？我就不信你被我牽一個晚上，還會恐女。」絨絨催促，「快走啊，別站這擋路。」

許樂天全身僵硬地緩緩往前走時，絨絨輕打響指，他們背後正在出站的捷運上、撞到許樂天的路人，手上的手機突然開始發熱膨脹、冒出黑煙。

絨絨想像那人驚慌的樣子，便忍不住笑了起來。她心想：算你好運。我現在受了許樂天影響，變得佛心了。要換作以前，我肯定一把火把你燒成禿頭。

不明就裡的許樂天也跟著她笑，問她：「怎麼了？妳在笑什麼？」

「沒什麼。」絨絨故意轉移他的注意力，邊嗅聞邊說，「哎，有一股怪味，像臭雞蛋。」

「是嗎？我沒聞到。大概是硫磺味吧。北投溫泉是硫磺泉。」

絨絨想起藏經環的第二層書庫中，提到「硫磺泉」有助修行，開心地說：「既然來了，我得去泡泡。聽說北投的青磺泉有奇效，不只可以療傷、提升靈力，還能喚起妖鬼往日記憶。」

「先找到地雷再說吧。要是能找到他，別說是泡溫泉了，買一百顆好吃的溫泉蛋給妳都行。」

「溫泉蛋？」絨絨眼睛一亮，她從沒聽過這種東西，便對它產生好奇，心想還是趕快幫許樂天找到地雷好了。這麼一來不只可以吃到溫泉蛋，還能還許樂天人情。

她清楚知道，當日若不是危急之中，樹人們輸靈氣、許樂天獻血給她，她絕對無法催動驚雷珠的力量。這麼大的人情，她是一定要還的。

兩人來到往新北投站方向的月台。此處候車區有著介紹北投特色的大型模型，裡頭有泡湯的人、那卡西演唱的人、凱達格蘭族人，還有北投溫泉守護神——不動明王。各個顏色鮮豔，造型童趣可愛。

然而兩人都無心欣賞裝置藝術，絨絨態度積極地對許樂天說：「我問了小樹人們，他們告訴我，『北投』是凱達格蘭族語的音譯，意思是『女巫』。因為此地有多處溫泉眼，所以常年霧氣瀰漫，宛如女巫施法。

「過去不管是開墾的漢人、西班牙人還是荷蘭人都厭惡溫泉，稱泉水是毒水、硫磺味是瘴氣（註1）。直到日治時期，北投溫泉才得到重視，被大規模開發。」

許樂天點點頭說：「我下午也有查到，北投溫泉在十九世紀開始被日本人開發，澡堂、旅社逐漸有藝妓和酒女陪酒，所以到了二十世紀中，北投就變成合法風化區。直到二十世紀末，北投公娼制度被廢除後，才成為現今的觀光溫泉區。」

絨絨吃驚地問：「你是怎麼查到的？你是問誰？」

「就Google啊。」

「菇狗？他是誰？他怎麼會知道這些？他也是樹人嗎？」

「呃……Google是搜尋引擎。」他看絨絨眨了眨大眼，歪著頭看自己，便擺擺手說，「算了，Google是誰不重要，這之後再跟妳解釋。我們回歸正題吧。」

絨絨點頭又說：「小白菇說，這陣子有遊客在亥時以後走進溫泉博物館內，但都沒再出來。你們不是說，疫情期間博物館沒開嗎？所以遊客們一開始能走進去，就代表入口有問題。」她開玩笑，「你說，地雷會不會昨晚也走進博物館，穿越時空、回到過去了？」

許樂天可沒心思開玩笑，他滿臉愁容，「不會吧……若是這樣，只希望今晚博物館可以再次出現異象，讓我們把地雷帶回來。」

捷運進站，這班恰巧是北投溫泉觀光列車，不僅車廂外有繽紛的彩繪，不同車廂內部還有不同的裝飾風格，例如森林、湯屋等等。

他們與其他乘客一同搭上湯屋主題的車廂，裡頭色調配置與溫泉博物館一樣，都是棕色配紅色，還有小木桶、掛畫等裝置藝術。

兩站之間僅僅一站的距離，車程只要一分鐘，絨絨才好奇張望一會，就到站了。

兩人搭手扶梯到一樓，大廳裝潢現代，除了有攀岩模型，天花板還垂掛著許多像是牛頓球的大型金屬球，令許樂天有種「想抓一顆往另一顆撞撞看」的衝動。

絨絨神色有異，開始四處張望，喃喃地說：「不對。太乾淨了。」

許樂天知道她指的是什麼，疑惑地問：「乾淨不好嗎？」

「我搭過那麼多次捷運，每一站都或多或少有人、妖、鬼混雜的氣息，但這站完全沒有妖鬼的氣息。」

「這樣很好啊。也許是這站的硫磺味比較重，所以蓋住了妖鬼的味道？又或者，是這站有什麼鎮煞法陣特別強，所以妖鬼不喜歡靠近。」

絨絨思索道：「不對。這站法陣是我目前搭過最弱的。我總覺得他們是……藏起來了。這地方確實不對勁。」她握著許樂天的手忽然收緊，「走吧。」

許樂天看向周圍來來往往的人，站外也是熱鬧熙攘，一切看起來再正常不過，心裡還想著是絨絨想太多了。

註1：參考資料來源為連橫的《台灣通史》。

捷運新北投站一出站就是七星公園，園內有著百年歷史的新北投車站。除了這個台鐵車站建築以外，還連同一小段古早淡水線月台、列車和鐵軌，展現往昔的鐵道風光。

兩人一路順著中山路往東走不到一分鐘，就抵達北投公園。走沒幾步，許樂天就想起之前來這裡打寶可夢的情景。

他指著眼前一棟巨大的木造建築，對絨絨說：「這就是北投圖書館。看起來很像高級渡假山莊吧。白天看起來更漂亮、更壯觀。」

此時天色已黑，公園內路燈少又光線有限，僅能照出圖書館的朦朧輪廓，看不出什麼，因此絨絨並未對它起興趣，只是問：「那博物館呢？」

「就在它旁邊。」

博物館入口開在側面的中山路上，位置不太顯眼，再加上通往入口的通道狹窄，入口本身又小，兩人走過頭後又回頭才找到。

他們在入口看了半天，並沒有什麼發現，而後又一邊繞著黑幽幽的博物館走，一邊以手機開啟台北市府做的網頁，藉由博物館的３Ｄ模型和室內環景，研究室內格局。

當他們繞了一圈、再次回到中山路上時，許樂天說：「這棟雖然看起來有點陰森，但好像沒什麼異常啊。」

絨絨說：「我也沒有聞到妖鬼的氣息。那麼地雷昨晚看到的，到底是什麼？」

「現在才七點，我先帶妳去吃晚餐。吃完以後，我們先去楊警察說的『筒仔米糕』。就算不能進到大樓，在附近看看也好。」

絨絨摸摸肚子說：「你這麼一說，我好像又餓了。才半天就肚子餓，當活人真麻煩。」

「妳才知道啊。」

* * *

待兩人吃完飯，到林曉大樓附近繞了一圈，又模擬昨晚羅震坤說他走的路線；從林曉大樓沿中山路經地熱谷回到北投公園。

然而一路上除了經過地熱谷的路段煙霧瀰漫以外，並沒有任何可疑之處。

許樂天看了一眼手機上的時間，已經過了晚上九點，也就是已進入亥時。可是他們所在的北投公園除了周遭人車變得比較少以外，一切看起來都很正常。絨絨更是表示她連一點鬼氣、妖氣都感覺不到。

就在兩人陷入瓶頸、盯著博物館入口苦思之際，有個男人恰巧路過入口。緊接著，他們眼前突然閃現一個破口！

許樂天和絨絨都在剎那間看到博物館是明亮的，而且入口有隻穿和服的女鬼將那個男人猛力拉了進去。一切發生得太快，男人甚至都還沒來得及掙扎，破口就消失了。

許樂天錯愕地說：「那是……蟲洞？怎麼好像有一瞬間，兩個空間重疊了。一個是過去的，一個是現在的。」

絨絨聽他這麼一說，忽然想起自己從藏經環連結的書庫中看過的一種陣法。那種陣法只能在月相由上弦月到下弦月之間啟用，而且在滿月時，力量會達到最強。

「如果我沒猜錯的話，破口連接的不是過去，而是另一個被創造出的空間。」絨絨說，「皓月重城陣！」

「那是什麼？」

她抬頭仰望天空中明亮皎潔的圓月，「聽過『海市蜃樓』嗎？」

「聽過。妳的意思是，這種陣法是運用光學原理形成的幻象？」

「不是幻象，而是真實存在的空間。」絨絨又問，「那你有聽過『柳宗元中秋除蟒妖』的傳說嗎？」

許樂天搖搖頭。

她說：「後世都以為這只是地方傳說。但是根據東青丘藏經閣的典籍記載，這是真人真事，只不過事情經過與傳說內容有點不同。」

隨後她便將此事說給他聽：

唐宋八大家之一的柳宗元，生前曾被貶至永州。

唐朝年間，永州還屬於瘴癘遍布的蠻荒之地。不知從何年開始，每年中秋夜，地方上的一座斷橋便會奇蹟似地復原，橋的盡頭會憑空出現一扇門，門上高掛兩盞紅燈籠。詭異的是，不是每個人都能看到那座完好的橋和多出來的門。

初時有人好奇此門通往何處，便走到橋的盡頭去察看。那人回來便告訴大家，門後是個充滿花草祥雲、仙山古樓的地方，美好猶如仙界。

然而之後進去的人，都再也沒有回來。有人說，那門是通往仙界，僅有仙緣者才能看得到、去得了；也有人說，那門其實是通往地府，才有去無回。但總之，當地人都稱那座橋叫「仙橋」，稱那扇門叫「仙門」。

柳宗元到任永州司馬的那年中秋，親自去察看了那座當地傳說中的仙橋。慧眼善斷的他，很快就識破了邪陣。

後來柳宗元用計破陣後，才發現設陣的是一隻蟒妖。仙橋是蟒妖的舌頭，仙門是血盆大口，門上那兩盞紅燈籠則是雙眼所化。而仙門後的空間，便是蟒妖用皓月重城陣所造。

說到這，絨絨進一步解釋：「皓月重城陣是一種利用月亮引力創造出的異度空間。道行高的妖鬼，甚至能造出一座城。」

「太狂了吧。」許樂天驚嘆之餘，又疑惑問：「不過，那麼多路人經過博物館入口都沒事，我們在入口待那麼久也沒事，為什麼剛才那個男的只不過是路過，破口就忽然出現，門口的和服女還把他抓進去？難道他也是後天陰陽眼體質？」

「也有可能是運勢低落或逢命中死劫。」絨絨猜測。

「死劫？」許樂天一聽便急了，「地雷還在裡面啊！他可能隨時有危險。我們要怎麼樣才能把他救出來？」

「我是有能力可以開出一條臨時的裂縫，但是能夠創造出這個空間的妖或鬼，實力遠在我之上。就算真的開了，也只能驗證我的推測是對的，不能冒然進陣救人，要先去搬救兵。再說，我們也無法確定地雷是不是還在裡面。」

「可是，剛才那個男人也被抓進去了。我們總不能見死不救吧？」

絨絨知道許樂天救人心切，便說：「總之，先開再說吧。我得去找松樹，剛才在圖書館旁有看到。」

「松樹？做什麼用？」

「做松香啊。想開出一道裂口，就必須用松香。」

「現做？來不及了，我們直接買現成的吧。」

絨絨訝異地問：「這裡有在賣松香？」

「哪裡都有賣。松香很常見，以前大學焊接課的時候，我就常用松香當助焊劑。」

第四章 澡堂之謎

兩人順利在捷運新北投站附近的化工行購得松香後，又連忙趕回溫泉博物館入口。

許樂天從一個小罐子裡取出一小塊粗製蔗糖塊般的松香拋給絨絨，但她接住的時候力道太大，不小心就把松香捏成了齏粉。

許樂天又再拿一塊遞給她，提醒她：「小心點拿，別捏碎了。松香要是呈粉末狀就是易燃物，要盡量遠離火源。而且這裡又是溫泉區，硫磺氣的成分硫化氫氣體本身就易燃，所以妳要更小心。」

她點點頭，閉上雙眼運氣凝神。待她再張開眼，瞳色登時轉為碧綠。她劍指掐松香，朝博物館入口凌厲劃下，同時施法唸道：「明月松間照！」

剎那間，他們面前彷彿有顆隱形的大氣球被割開一道裂縫，一股寒涼的氣流隨著光線流瀉而出。

裂縫中的空間裡，博物館竟真的燈火通明，歌樂聲不絕於耳，還時不時有濃濃的硫磺味飄出。入口的招牌寫著「北投公共浴場」，穿和服的女鬼們正笑意盈盈地在招攬生意。

許樂天看著眼前的景象，驚喜地說：「成功了。這就是地雷昨晚說的鬼澡堂。」

絨絨一瞥見門口的女鬼，赫然驚叫：「麗麗！」

那面貌清雅秀美的女鬼一聽見她的聲音，先是一愣，與她對上視線後，便馬上低下頭、快步走進浴場。

剛才絨絨還說不能冒失衝動，結果她一看到麗麗，想都不想就衝進破口，追了過去。她在進博物館前，還特別回頭將手機丟給許樂天保管，對他說：「別跟過來。在外面等我。」

但許樂天既急著救地雷，又看絨絨衝了進去，遂也毫不猶豫地跟著跑。他後腳一踏進陣裡，破口隨即消失。

公園內的博物館再次恢復黑漆漆、靜悄悄的樣子，彷彿什麼事也沒發生過。

一分鐘前，溫泉博物館入口斜對面的坡上小徑，一路監視他們的楊志剛抽了一口菸，對著肩頭吐菸、驅走蚊子。

這時手機震動了起來，他瞥了一眼來電，立即接起，「幹嘛？這麼快就想我了？」電話另一頭的宋白石冷冷地說：「『想殺死你』還差不多。都幾點了，還不回報調查進度，有進展了嗎？」

楊志剛看著馬路對面的許樂天和絨絨，露出一抹苦笑。他不知道是這兩個瘋子比較可笑，還是竊聽到兩個瘋子的對話、還繼續跟蹤他們的自己比較可笑。但辦案的直覺又告訴他，他們正是能找回地雷的關鍵。

而他的直覺向來出奇地準。

他低聲回答：「沒有。妳那邊？」

此時宋白石正步出士林地檢署，她一邊走下台階，一邊說：「管區員警和社工兵分多路，對六起案件所屬的六棟大樓住戶進行訪察。雖然還沒全部訪察完，但目前已發現另外十六名獨居老人死亡。」

「幹。」

「更棘手的是，你也知道士檢編制只有兩位法醫，現在地雷失蹤了，就只剩下一位。我已經申請緊急支援了，但……還沒有得到批准。」

「靠北啊，想也知道，疫情期間，疑似非自殺、非自然、非病死和非意外的死亡案件通通都要通報司法相驗。哪個地檢署不是大塞車？現在法醫就跟疫苗一樣，大家都在搶，哪有辦法再支援我們？」

宋白石輕嘆一口氣，「說到疫情，我懷疑這另外的十六起是新冠肺炎社區感染爆發，但結果還是要等PCR才能確定。只是現在PCR也是大塞車，司法相驗期程又要拉得更長。」

楊志剛習慣性地摸了摸鬍碴，「不論是新冠肺炎還是硫化氫中毒，恐怕隱性受害人會多更多。」

「沒錯。只訪察案發的六棟住戶根本不夠。」宋白石頓了一下又說，「還有，我今天聽管區的員警說，光是過去一個禮拜，失蹤案件就超過三十起，而且這還只是『有接獲報案』的數量。我在想——」

「想都別想！妳想累死我啊！」楊志剛趕忙打斷宋白石的話，「我就只負責調查目前六起獨居老人的案子，其他失蹤案跟我沒關係。」

就在這個時候，楊志剛眼睜睜看見絨絨和許樂天一前一後消失在博物館入口！

「幹！」他口中的香菸掉落，瞠目大叫，「人咧？」

許樂天一進入館內，便發現網站上照片裡的海報、展覽標示牌、指示牌都不見了，四周布置儼然就是一間古色古香的日式溫泉澡堂。

站在入口廳左右，穿著和服、刻意露出白嫩胸口的兩排性感女招待，齊身向他彎腰鞠躬，以日語說：「歡迎光臨。」

這招也許對有些男人會有不可抗拒的吸引力甚至是迷惑力，但對於有恐女症的許樂天來說，完全是反效果。女人對於他就像是令人毛骨悚然的老鼠，她們在他眼裡頂多就是穿和服、裸露胸口的老鼠。

一下子被那麼多老鼠包圍，他感到很不舒服，是以他的第一個反應就是抖了一下！

他雖沒正式學過日文，但因為常看日本動畫、打日本手遊，又吃過幾次日本料理，所以聽得懂一些日文，知道女招待們是在說迎賓語，便輕輕點頭回應。

才與絨絨間隔不過幾秒鐘進來，卻已不見她蹤影。他正左右張望、找尋她時，其中一個女招待突然迎上前，對他說了些話。

他下意識後退一步，忍不住說：「注意社交距離啊！」

女招待似乎聽不懂，又與他比手畫腳一會，他才終於明白她是在問他是否要寄物？

他擺了擺手，用破日文對她說：「不。」

女招待點點頭，又領著他往另一頭樓梯走。

他看女招待們個個笑容可掬，對他極為客氣，似乎沒有惡意，便稍稍鬆了口氣，心想她們是不是分不出來人鬼？還是說，不管誰進來這間公共浴場，她們都會禮貌接待呢？如果是這樣的話就太好了，地雷、絨絨應該都安全吧？還是不要輕舉妄動好了，就假裝自己真的是來泡湯。

當許樂天隨女招待下到一樓時，周圍薄霧蒸騰，空氣中都是淡淡的硫磺味。

女招待領他進樓梯口旁的更衣室後，又說了一連串話，似在向他介紹周圍設施，說完便鞠躬離開。

他探頭往更衣室外張望，心想不知道絨絨和地雷人在哪？

此時有人冷不防從他背後拍了一下肩膀，「喂。」

許樂天嚇了一跳，回頭一看，是個男人。他看起來很年輕，大概是大學生年紀，胸膛和右手臂上都有著搖滾風格的刺青。

他不像許樂天那般緊張兮兮，反而神色還有些歡快，開口問許樂天：「你也是被拉進來的？」

許樂天順著他的話點了點頭，視線掃過一圈更衣室。他沒看見羅震坤，卻發現更衣室裡人鬼混雜，但那些鬼似乎都不在乎他們這些活人就是了。

刺青男又問：「你進來的時候有付錢嗎？」

許樂天搖搖頭，刺青男喜道：「我也沒有。這裡真是太棒了。」

他傻眼回問：「哪裡棒啊？你不覺得這裡很奇怪嗎？」

「會啊。但是你剛才有看到那些女招待嗎？」刺青男邊說邊脫下衣服，一副既來之則安之的樣子，「我跟你說，這間浴場絕對不只有提供泡湯服務而已。牡丹花下死，做鬼也風流，大不了泡湯完再從入口跑出去就好了嘛。」

許樂天一愣，心想：奇葩，真是奇葩，這種時候還有心情想這些。再說，哪有這麼容易就讓我們出去。只不過，在這個異度空間內，跑出了博物館，又會到哪裡去呢？

刺青男脫到只剩四角褲時，又說：「快啊，等你一起過去。不然我一個人，老實說還是有點怕怕的。」

許樂天心想也好，說不定地雷就在浴池。

遂也跟著換衣，與刺青男一同步出更衣室，往男湯走去。

刺青男邊走邊指著許樂天的腹肌說：「看不出來啊，你居然有肌肉。怎麼練的？天天狂做重訓、吃雞胸肉、喝乳清蛋白？」

許樂天是典型的「穿衣顯瘦，脫衣有肉」。他搔搔頭說：「那倒沒有。我天生體脂比較低，大概是因為最近有游泳，肌肉線條變得比較明顯。」

刺青男一臉不信，「游泳就可以練成這樣？」他看許樂天表情誠懇，雖仍不信但也懶得再多問。

與二樓木造外觀不同，一樓主要都是磚造。走廊光線柔和溫暖，地板由馬賽克地磚拼貼成幾何圖形，兩側是氣派的羅馬拱柱，左邊能看到一樓中央寬闊的大浴池，也就是男湯；右邊則是一排彩繪玻璃窗。霧氣之中、燈光之下，四周華麗的令人目眩神迷。

許樂天讚嘆地說：「真不愧是二十世紀初，東亞最大的溫泉公共浴場。」

雖然以這種方式見識到北投浴場的往昔風華很詭異，但不得不說，整體的氛圍確實舒適迷人。

霧氣朦朧之中，兩人一同下到男湯浴池。輕煙白霧飄渺，人影鬼影交錯，但大家都安靜地泡在溫泉裡閉目養神或小聲交談，場面看起來又奇異又和諧。

有陰陽眼的許樂天，從小就見慣了鬼，他所能想像到人鬼共處的最好狀態就是「井水不犯河水」，沒想過人鬼還能有現在這般「和睦共處」的時候。要是彼此能再互相搓澡，那就太溫馨了。

與許樂天一起從更衣室過來的刺青男幾乎全身都泡在溫泉裡，只露出頸部以上。他的背一靠上池牆，便閉眼一嘆：「舒服哪。」

而許樂天一看見池底的馬賽克磚，立即發現溫泉水質不對勁。

他來之前調查過，昔日的北投浴場與地熱谷的泉水來自同一處泉眼，都是極罕見的「青磺泉」，全世界只有北投和日本秋田縣擁有。因水質稍濁、微綠似玉，所以北投地熱谷又稱「玉泉谷」，日本的青磺泉區則叫「玉川」。

這浴場雖熱氣升騰且有硫磺味，但浴池裡的溫泉本身卻透明無味，好像只是一般的熱水。

他抬眼看著周圍霧氣，心中生疑：如果這不是硫磺泉，那空氣中的硫磺味到底是哪來的？

算了，還是趕快找人吧。

溫泉水溫偏高，許樂天沒兩下就受不了、站起來。此處熱氣四合，白霧更濃，他沒辦法一眼看遍整個浴池景象，便在水中慢慢往前走，試圖在霧中尋找羅震坤。二樓時不時傳來節奏輕快的歌聲與樂聲，初聽時令人有點浮躁，但聽久了反而感到療癒放鬆。

慢慢地，許樂天走到一半，忽然停下腳步，一臉茫然站在浴池中央。

他忘記自己在找什麼了。

好像有件很重要的事……我好像在找誰……怎麼想不起來？

興許是泡了太久，他感到頭昏腦脹，便緩緩站起身走出浴池。

許樂天扶著柱子深呼吸一會，意識就恢復清晰，仍想不起來那件很重要的事是什麼，但至少腦袋已經可以思考，不再像剛才在浴池裡那般停擺。

他忽然意識到：這裡的音樂和泉水似乎都有股迷惑人心的力量，彷彿會勾魂似地令人魂不守舍、注意力無法集中，更別說是思考了。尤其是音樂最可怕，它無所不在，使人打從進浴場開始就沉浸其中，腦袋逐漸放空，直到一片空白。

早先和他一起走來男湯的刺青男，忽然步履蹣跚地走到他身邊，向他求救：「水……有沒有水？我……頭好暈……」說完人就無力地背靠著牆，不停喘氣。

許樂天看他一臉漲紅、四肢無力，似乎身體很不適，便四處找尋哪裡有飲水機。

忽然間，空氣中的硫磺味變重，多了一股腐臭味。當許樂天再回頭，刺青男居然消失了，取而代之的是一個女招待！

她與許樂天對到視線後，禮貌地微笑、鞠躬，接著閃身進到走廊旁的房間。

許樂天心中起疑：她怎麼突然出現？刺青男呢？不過就這麼兩秒，怎麼就不見了？

一股不祥的預感襲來，許樂天原地轉一圈，仍沒看到那個男人，而且他發現浴池裡的活人忽然變少了？

怎麼其他人也不見了？等等，消失……失蹤……

他一邊思考一邊習慣性地咬掌指關節。

吃痛的同時，腦袋靈光一閃，雙手立刻摀住耳朵、憋氣。不到三十秒，他終於想起自己是和絨絨進來找羅震坤的！

他握緊拳頭，心裡萬分自責：該死，這麼重要的事，我怎麼會忘記？我到底在幹嘛？絨絨、地雷，你們在哪？

第三章 滿月下的博物館

第四章 澡堂之謎

第五章 摸壁鬼

第六章 笑聲

第七章 傀儡

數分鐘前，絨絨奔進破口去追身穿和服的麗麗。

她一進館，同樣也遇到兩排衣著性感的迎賓女招待，她們還異常熱情地上前圍住她，對她說個沒完。

麗麗穿著和服只能小碎步行走，卻走得飛快，一下子就閃到入口廳後。

絨絨聽不懂女招待們說的話，又怕跟丟會再也找不到麗麗，情急之下便一把將她們推開，追了過去。

入口廳後是木地板走廊及一排和式糊紙木門。絨絨就近跑進去，眼前是一間寬敞的榻榻米大廳，深處舞台中央有三個動作整齊劃一、正跳著扇子舞的藝妓，兩側則分別有屈膝坐在坐墊上、彈奏三味線的藝妓和南管樂師（註1）。

大廳很大，裡面的人和鬼加起來超過五十個，他們或坐或躺，或喝酒或跳舞，歌舞喧嘩，場面熱鬧非凡。

酒杯交錯、喧囂之中，絨絨馬上就察覺樂聲有蠱惑人心的力量。她道行夠高，不受影響，但還是因而心生警惕。

註1：北投溫泉區是台灣「那卡西」的發源地。日治時期便有藝妓結合三味線的表演模式，亦有南管和本土歌謠的結合。

麗麗腳步極快地在人群中穿梭，絨絨一看到她的背影，便大聲叫道：「麗麗！」

她聞聲回頭看向絨絨，立即皺起眉頭，走向另一扇木門。

這時有個醉漢忽然撲向絨絨，她一個閃身將他絆倒在地。這一分心，麗麗已消失在大廳的另一頭。

絨絨在人群中靈巧地跳來跑去，跑出大廳來到另一頭走廊上，眼前出現一間間和式包廂。她就近推開一間看，裡面空間很小，除了穿著日式浴衣的一家四口之外並無他人。他們正席地圍著方桌用餐，見她突然開門、探頭進來，個個都訝異地看著她。

她意識到自己打擾到人家，立刻將門拉起，再去開隔壁間。這一間是兩個女招待在陪兩個男客人喝酒嬉戲。

他們衣衫不整，有個男客人很明顯不滿被打擾，便朝絨絨扔來酒杯。她低頭閃過，視線掃過一遍，確定麗麗不在裡面，便趁對方扔來第二杯前將門拉上。

絨絨不再貿然去開第三間的門，而是先跑向走廊底端，往轉角另一頭察看。

心慌意亂的她一邊跑一邊想：為什麼剛才在博物館入口，麗麗看到我會是那個反應？她的眼神先是疑惑，再來是吃驚，甚至帶著防備。雖然我現在是半人半妖，但是我的外貌和以前幻化成人形的時候一模一樣啊。她怎麼會認不出我？難道是因為我戴著帽子嗎？不可能。

而且剛才絨絨在榻榻米大廳再度叫喚麗麗的時候，麗麗甚至表現出厭惡之色，似乎不願意見到絨絨。

絨絨越想越委屈，她找了麗麗好久，時常擔心她的安危擔心到睡不著。方才一見到麗麗，絨絨開心得要死，她有好多話想問麗麗；想知道她這幾天去哪了、過得好不好。沒想到，她見到自己會是那個反應。

絨絨來到轉角看了一圈，沒看到麗麗，便又折返，打算再打開其他包廂看看。

當她正要拉開其中一間時，一隻冰冷慘白的手突然伸向她的背。

她一察覺，立刻避開。轉身一看，背後竟突然出現三個女招待。

她們對她微微鞠躬，笑容甜美地對她說了一連串日文。她聽不懂也懶得理她們，便要逕自離開，卻被她們伸臂攔下。

絨絨沒許樂天那麼好脾氣，但她還是壓著性子說：「我平常是不打女生的，但妳們再不讓開，我真要動手了。」

女招待們也不知道到底聽不聽得懂她說的話，繼續用日文跟她說話。這麼一來一回，雙方變得雞同鴨講。

絨絨的耐心很快就用盡，她一閉上眼，周身忽燃起熊熊烈火，帽子和衣服瞬間就被焚燒成灰，長髮因熱氣而翻飛，狐狸尾巴炸毛。

灰燼之中，她再睜開眼，邪魅的綠瞳流露殺意。

「攔我者死。」

許樂天發現刺青男突然消失後，那股怪味也不見了。他開始懷疑，是不是那個突然出現的女招待帶走了刺青男。

他不敢引起太大的動靜，僅快步繞著男湯找羅震坤，並小聲勸活人盡快離開。

有些人聽了他的話，馬上起身；有些人則面容呆滯、沒搭理他；還有一些感覺已經睡著了，完全沒反應。

就許樂天的觀察，這些願意理他的人都比他晚進澡堂。似乎待在這裡越久，就越不清醒，因此他也更加擔心昨晚就進到這裡的羅震坤。

最後只有五個人跟著許樂天離開浴池。他沒找到羅震坤，便先帶這五人回更衣室。

還好他的衣服、手機、皮夾……等隨身財物都還在他的置物櫃裡。此時他也顧不得渾身濕透，直接穿上衣服，又在褲子口袋裡找到幾張發票，便用發票揉成紙團、塞住耳朵，盡可能隔絕蠱惑人的音樂。

六人一同離開更衣室時，許樂天特別提醒他們要小心女招待，便又往浴池方向走。

那五人之中，平頭髮型的男人拉住他問：「你要去哪？怎麼不跟我們一起從入口出去？」

許樂天說：「我還得回去找人。你們找東西塞住耳朵，快走吧。」

一樓的格局與現今的博物館不同，而且除了中央的男湯，旁邊還有女湯、私人湯屋……等各種隔間，因此走廊上時不時會湧現霧氣，阻礙視線、混淆空間感。但許樂天研究過博物館的3D圖，對於場館的結構有基本的概念，因此方向感並沒有被干擾，仍能快速地前進。

雖然他眼前每一間都是日式拉門，但有幾間是從裡面鎖上的，沒辦法打開。

他來到女湯門口時，左右看了一下，走廊上沒有其他人，便拍門小聲說：「絨絨、絨絨，妳在裡面嗎？」

沒想到這時門突然開了，但露面的卻是女招待。他嚇得倒抽一口氣，往後跳一大步。女招待神色閃過一絲訝異，很快又擺出那標準的笑臉相迎。他只好尷尬地用手勢表示，自己是在找廁所。

剛才的平頭男和另外兩個男人再次出現。

他們一看到許樂天和女招待，便先對女招待露出禮貌而生硬的微笑。其中一個戴金錶的男人會說日文，對她說了幾句，就與其他人一起將許樂天拉走。

女招待聞言並未再多說什麼，禮貌鞠躬便離開。

待四下無人，平頭男才悄悄告訴許樂天，他們剛才走樓梯上二樓以後，整個入口廳都消失，變成了寄物間，他們找了一陣子都找不到門出去。原本五人之中有些人對許樂天說的話半信半疑，現在都不得不信了——這間浴場確實是個奇怪的地方。

他們還算鎮定，趁女招待不在，趕緊在寄物間找回自己的物品。其中兩個堅持要往二樓的另一邊找出口，平頭男等三人則選擇折返回一樓，他們心想一樓窗外就是草地，大不了把玻璃窗砸破、衝出去。

許樂天將他們帶到彩繪玻璃窗前，指著窗戶說：「事情沒有你們想像的那麼簡單。」他為了避免節外生枝，不打算將絨絨和法陣之事說出來，僅告訴他們，「這個澡堂不是在我們原來的世界，而是在另一個空間裡。就算出了澡堂，也未必就能回得去。」

平頭男一聽，朝窗外看，外頭一片漆黑，有如外太空，完全看不見原來世界的公園路燈。他驚叫：「真的耶！為什麼我現在才發現？」

許樂天猜測：「我想這排彩繪玻璃窗可能是一種遮掩，專門阻礙人看外頭的景色。」

年紀較大、一頭灰髮的阿伯臉色刷白地說：「那我們到底該怎麼辦？」

許樂天搔了搔頭，「你們還是先找出口吧，我還得繼續找我朋友。」

金錶男問：「你不怕危險嗎？這種時候就不要再分開走了吧？」

平頭男同意地說：「我們還是一起行動吧。一邊找你朋友，一邊找出口。」

四人達成共識，有了共同目標，變得團結，一同往前走。

走在最前面的許樂天突然間又聞到剛才那股怪味，他停下腳步張望了一會，就被人從背後拍了一下。

金錶男面露恐慌，低聲悄悄說：「怎麼辦？阿伯好像不見了！」

平頭男往回走了幾步，回來對他們搖頭表示，人真的不見了。

許樂天吃驚地想：就這麼無聲無息地不見了！跟剛才的刺青男一樣。

金錶男以氣音說：「該不會是剛才的女招待把他拉走了吧？」

許樂天這時才將「怪味」和「失蹤」連結在一起。似乎有隻惡鬼埋伏在他們看不到的角落，伺機而動，一旦出手，便會散發那股惡臭。

同時他也意識到自己的錯誤，「我錯了，不是女招待。剛才她就站在我旁邊，但我並沒有聞到怪味。如果真的是從女招待身上散發出來的，我肯定早在一開始列隊迎賓的時候就聞到了。」

平頭男和金錶男一臉疑惑，「什麼怪味？」

「難道你們剛才沒聞到一股硫磺味加腐臭味嗎？」

他們互看一眼，齊齊搖頭。

許樂天心中奇道：這兩個是鼻塞嗎？味道那麼重都沒聞到？

「不管了。我不知道二樓怎麼樣，但一樓肯定不安全。我們趕快往二樓走。」

他才轉身就再次聞到怪味，回頭便看到一隻手猝然從牆壁伸出來，揪住了平頭男，似乎要將他拉進牆裡！

那隻手骨瘦如柴，顏色乳白，與牆壁一模一樣，霧氣之中，不仔細看根本看不出來。對方的力氣很大、速度也很快，許樂天和金錶男還來不及衝過去，便眼睜睜地看著平頭男整個人被拉進去。

許樂天認為這澡堂的牆有蹊蹺，可能有某種魔術機關，但是摸起來又很堅硬。他和金錶男在平頭男被拉進牆的位置附近拍打了一圈，並沒找到暗門或裂縫。

他霍然想起以前阿嬤曾告誡他的話，喃喃地說：「摸壁鬼（註2）。」

傳說摸壁鬼會躲在太陽照不到的暗巷牆壁裡，形體不是一團灰霧、一團黑影，就是人形，但顏色與牆壁一模一樣。要是有人經過，摸壁鬼便會將人拐進牆裡，或伺機貼上人的背、跟人回家，所以人們千萬不要走暗巷。

想到這裡，他起疑地說：「難道整個澡堂裡的人都是這樣消失的？」他馬上後退一大步，警告金錶男，「離牆壁遠一點！」

金錶男馬上會意過來，也跳到走廊中央。這時許樂天又聞到那股怪味，而金錶男則看到自己手上的金錶正迅速變黑，驚叫：「怎麼會這樣？」

「唰！」一雙極像馬賽克磚紋理、顏色的手冷不防從地板伸出，抓住金錶男的雙腳就猛力往下拉，而地板彷彿化成膏糊狀，眨眼之間，男人腰部以下就全沒入地下。

許樂天衝過去抓住金錶男的手，但他都還沒踩穩、發力，金錶男就像是踩空一般，瞬間消失。

他跪在地上猛捶地板，但地板已恢復正常，只害他手痛得要死。

此時他才意識到，浴池裡的活人們之所以突然且不斷消失，就是因為摸壁鬼能穿過池底的馬賽克磚抓人！

這時他放眼望去，赫然驚覺不過短短幾秒鐘，澡堂就只剩他一個活人了！

剩下的都是些形體殘缺、腐爛或半透明的鬼。

怪味再度傳來，許樂天從地上跳起來的那一秒，正巧躲過從地磚裡竄出的手。但他萬萬沒想到，腳都還沒落地，脖子就被天花板裡竄出的手攫住！

註2：「摸壁鬼」（台語），又稱「抱壁鬼」，是台灣民間傳說的一種鬼怪。據說會在陰陽交界處徘徊，並藉著牆壁移動。

日本從江戶時期開始就有類似特質的妖怪繪卷——「塗壁」。一般認為塗壁是從「付喪神」，即「器物神」延伸出來的妖怪。但塗壁多半只會惡作劇，如擋路或嚇人，相較之下，台灣的摸壁鬼凶猛多了。

該死，摸壁鬼的手也太長了吧！

危急關頭，許樂天使勁將那雙白手撥開，下意識大叫：「絨絨快逃！」眼前忽然一花，一道人影從二樓穿越樓層落到一樓。那人揮鞭朝許樂天一甩，勾住他腰際的同時，上方的天花板忽然起火。

絨絨在重生之後便不再用魄體化鞭，而是取尾骨做為骨鞭。如此就不會像以前一樣，若鞭子受損，魄體也跟著受傷。

被妖火燒到的摸壁鬼一吃痛、力道減弱，許樂天隨即被拉了下來。

絨絨因吸食許樂天的精氣血過久，與他產生了牽絆，能感受到他的心念。儘管知道他身上有著謎一般的靈獸白光護身，她還是不放心，所以一感應到他的驚慌，就立即下來救人。

她環顧一圈，揶揄地說：「樓下也蠻熱鬧的嘛。」又說，「你們這些鬼怎麼動不動就出手傷人？太沒禮貌了。」

「咳咳……」許樂天抓住了關鍵字，聲音沙啞，「什麼叫作『也』？」他定睛一看又說，「妳為什麼穿著女招待的和服啊？」

第四章 澡堂之謎

第五章 摸壁鬼

第六章 笑聲

第七章 傀儡

第八章 女將花子

絨絨答道：「原本的衣服不小心燒掉了嘛。」接著甜美一笑，反問許樂天：「好看嗎？」

許樂天愣了一下，耿直的他還是點點頭。他雖恐女，但審美還是有的。

同時他也發現絨絨的鞭子變了，從類似皮革的材質變成好幾節白骨組成的骨鞭。與許是與她的重生有關。

接著他與絨絨同時開口問對方：「找到人了嗎？」他們知道彼此問的是誰，又默契地同聲答，「還沒。」

許樂天又說：「小心，這裡有摸壁鬼。進來浴場的人都被強行拉進牆——」

話說到一半，有隻白手霍然從牆中竄出，拉住了許樂天的手臂，就要往牆裡拉。

他邊掙扎邊喊：「絨絨快跑啊！」

才剛喊完，肩關節處便忽然有種被人猛然撕裂般的痛楚。他痛得大叫一聲，神情扭曲，「我的手斷了！」

絨絨一見，神色大變，氣得又彈出狐狸耳朵，怒吼：「我的人，你們也敢動！」

鞭子登時起火，她凌厲一揮就將鬼手硬生生打斷，鬼手眨眼就化作灰煙，飄散在空氣中。

許樂天跌跌撞撞跑向她的同時，斷了手的鬼臂「嗖」地一下縮回牆裡。

一旁浴池裡的鬼客們見識到絨絨的戰鬥力之強，為避免被波及，這時紛紛起身、溜之大吉。

絨絨上前檢查許樂天傷勢，發現是他剛才過度掙扎而導致的脫臼。他一個字都還沒來得及說，絨絨便已手腳俐落地將他的手臂接了回去。儘管如此，他還是痛得嘴唇發白、狂冒冷汗。

她又對他頸上的玉墜唸咒、施法，「你有芒神送的芒種，眼、口、鼻能察覺東西的本質，不容易被幻象蒙蔽，心智也較不容易迷失，自然也不會被這裡的霧氣影響。不過聽覺就不行了，所以我剛才施了定心咒在你的玉墜上，戴著它，你就能定心凝神，不受樂聲干擾。二樓現在大亂，你快趁亂上去找地雷。」說完，她又朝樓梯間射出數張葉紙人，「踩著它們過去，它們會保護你。」

「那妳怎麼辦？」許樂天擔心，「二樓太危險了，我們一起上二樓找吧。」

「放心。」絨絨微笑，「我自有打算。你在這邊反而礙事。」

這時，數雙手猝然從牆、天花板和地板伸出，絨絨趕緊將許樂天推開，「走！」

她的動作看似很輕，他卻飛出去好幾公尺。原本散落一地的葉紙人突然聚攏在一起，在他落地的瞬間浮起來、接住他，將他與地板隔開。

許樂天意會過來，底下這些葉紙人能讓摸壁鬼察覺不到他。

前方，十幾隻摸壁鬼同時現身！

出乎許樂天的意料，當摸壁鬼完全脫離壁面時，身體竟變成一團團人型的灰霧，反而沒有方才單露手臂的實體感。它們的輪廓看起來還是皮包骨般非常瘦，而且手腳比例也明顯比較長。

摸壁鬼們就像昆蟲般趴在地上、牆上或天花板上，以四隻腳快速爬向絨絨和許樂天。

絨絨冷哼一聲，「長手長腳的醜八怪，長得跟竹節蟲似的。」

她以迅雷不及掩耳的速度揮出數道火鞭幫許樂天開路後，腳踝卻被一隻摸壁鬼抓住。她雙腳立即起火，趁摸壁鬼縮手時，又揮鞭將它們掃滅。

許樂天見部分葉紙人又排列成左右兩排平行交叉的樣子。他回頭看了一眼正在與摸壁鬼打鬥的絨絨，才一左一右地踩著懸空的葉紙人，往樓梯間而去。

「嘻嘻。」走廊上突然迴蕩起小女孩的空靈笑聲。

新的一批摸壁鬼又從牆裡冒出來。然而，這批比原先的更加難纏，它們外型與第一批一樣，但攻擊力更強、速度也更快。

更糟的是，當絨絨的火鞭掃向它們時，居然直接穿了過去！

它們似乎也發現絨絨的火鞭傷不到它們，所以當絨絨暗自吃驚時，其中兩隻摸壁鬼以極快的速度越過火鞭舞出的包圍網，分別攫住她的左手、右腳。

絨絨分明能真切感受到抓住自己手腳的力道，但是火鞭揮過去，又是直接穿過它們灰濛濛的身體。這批摸壁鬼彷彿能隨心所欲地控制自身，成為虛實交錯的狀態。

一隻隻摸壁鬼又撲向她，抓緊她的頸部和四肢、分別朝五個方向扯，似乎不想將她拖入牆裡，而是想以蠻力直接將她五馬分屍。

絨絨露出一抹陰沉的笑容，冷冷地說：「正好，試試我的新招。」

她雙目突然轉綠，額上閃現心宿花紋，施展靈力猛然將身上的摸壁鬼炸開，接著單膝跪下、雙手拍地，喊出：「金蛇沖霄！」

只見八道金色火龍捲同時從她周圍地上升起，直衝天花板，瞬間蔓延交會，形成四面火牆。除了兩、三隻反應快的即時閃進牆裡，大部分的摸壁鬼都瞬間被燒得灰飛煙滅。這可不是尋常的妖火，而是三昧真火（註1）。

從小在野外長大，深知弱肉強食道理的絨絨，一直對武力有著近乎變態的追求和狂熱，只要一有時間就努力修煉。因此許樂天與她不過數日未見，她的功力卻已大有精進，不但已升至「湧泉階」之頂，還將妖火煉成威力更強大、已屬仙級的三昧真火，並將夜鷺精傳給她的風術融合，無師自通地自創招式。

此時，絨絨一收力就感到一陣頭暈，發現自己吸不太到空氣，隨即意識到：這三昧真火雖旺，但也會瞬間消耗掉大量靈力和氧氣。不知道樓上會不會被影響？如果連我這個

「半人」都感到空氣稀薄，許樂天會不會缺氧？不行，不能再催動三味真火了。

「嘻嘻。」走廊再度響起小女孩的笑聲。

「誰？」絨絨聽不出聲音來自何處，警戒地環顧四周時，一旁浴池裡，剩下原本宛如陷入沉睡狀態的眾鬼，此時雙眼猝然同時睜開，渾身青脈暴起、額上長出雙角（註2）。

絨絨反射性地朝最近的幾隻揮出火鞭。鞭子雖然沒直接穿過，但它們彷彿只是被羽毛掃過去一般，一點傷都沒有。

絨絨感應到它們身上的力量之強，心中驚疑：妖火對它們也完全沒用。

另一個念頭閃過她腦海，澡堂裡的鬼是不是都被「傀儡術」操控？幕後的操控者是不是看出我需要氧氣，才故意引我再施三味真火，要我缺氧而亡？真是陰險。

浴池裡的角鬼們一隻隻從水中躍起、衝斷欄杆，張嘴撲向絨絨時，口中犬齒瞬間伸長變成獠牙。它們發狂猙獰的表情，像是等不及要將絨絨生吞活剝似的。

註1：根據《封神演義》，「三昧真火」是仙家的初級火術之一。哪吒、雷震子、楊戩……等神仙，都曾以三昧真火應戰過。

註2：根據鳥山石燕的繪卷《今昔畫圖續百鬼：雨篇》，日本傳說中的「鬼」是妖怪的一種，並非幽靈般虛無飄渺，而是形象明確立體如野人。最有名的當屬「赤鬼」、「青鬼」。「鬼」的身材比常人高大魁梧、面目猙獰，頭上有角、有獠牙和利爪，披頭散髮或捲髮，穿著獸皮、拿著狼牙棒；性情暴躁殘忍，會生吃人。

絨絨握緊火鞭，心道不妙。

許樂天在葉紙人的幫助下，一路順利衝到二樓。他一踏上木頭地板，葉紙人們便自動飛到他手上、整齊地疊成一疊，危機似乎已經解除。

他將它們塞進褲子口袋，喃喃猜測：「是因為摸壁鬼無法穿過木頭嗎？不知道是不是因為這個原因，傳統的日式宗教建築才都用木造。」

前方果然如絨絨所說，一片混亂。好幾個身上著火的女招待一邊尖叫，一邊如無頭蒼蠅般橫衝直撞。二樓又主要都是木造，到處都是火苗黑煙，鬼客皆如鳥獸散般逃之夭夭。

他逆著鬼潮跑進榻榻米大廳。這裡樂聲更大、火也燒得更旺了。大廳裡卻滿是舞台上的表演者和台下的活人。

台上眾鬼彷彿傀儡般，對於火勢置若罔聞；中央的藝妓仍舊甩著扇、跳著舞，兩旁藝妓、樂師也各自繼續撥著琴弦。而台下的活人們不是睡著一般倒在地上，便是眼睛直勾勾地盯著舞台，再不然便是彼此之間互相划酒拳、乾杯、下圍棋。

許樂天仔細看去，很快就找到了羅震坤。他盤腿而坐，眼神入迷地盯著藝伎看，似乎陶醉在扇舞中。

許樂天火速跑到羅震坤身邊，大叫他一聲：「地雷！」

羅震坤彷彿沒聽到，依舊眼睛直視前方，嘴帶微醺般的傻笑。

不管許樂天如何喊他、拍他，羅震坤都完全沒有反應。但當許樂天想拉他走時，他卻使勁將許樂天甩開。

許樂天靈機一動，將頸上的項鍊戴到羅震坤身上。地雷彷彿像是電源線被拔掉一般，立即閉上雙眼、頭歪向一邊，睡著了。許樂天鬆了口氣，立即背起他，轉身就跑。

但許樂天才跑沒幾步，就慢了下來。他震驚地發現自己手腳越來越無力，接著手腳一軟、跪在地上的同時，羅震坤也從他背上摔了下來。

這一摔，羅震坤反而醒了。

「天兵！」他訝異地看了許樂天一眼，又環顧一圈，「這裡是？」

許樂天看向羅震坤，雖看得出羅震坤在對自己說話，但此時他除了樂聲以外，什麼都聽不到。樂音彷彿蟲子般強行鑽入他耳中，將其他聲音堵在外面。此外，他的身體越來越麻木，視線也開始變得模糊。

就在他即將失去意識時，樂聲忽然消失了，他的視線也隨即恢復正常。他抬頭一看，羅震坤正從舞台上跳下來，朝自己跑來。

原來是膽大的羅震坤把舞台上的樂器都砸碎了，才終止這些迷惑人心的樂聲。不只如此，他還拿了其中兩把斷琴的琴杆當作防身木棍。

台上兩側彈奏的藝妓和樂師明明皆面無表情地倒在地上，雙手仍持續做撥弦的動作，而中間的藝妓也仍繼續跳著扇舞。

許樂天著急地上前對羅震坤說：「你也太衝動了。就這樣衝過去把樂器砸了，不怕他們攻擊你嗎？」

「你不是給了我這個嗎？」羅震坤晃了晃頸上的項鍊。他剛才一醒來，就發現自己脖子上多了一條項鍊，並從玉墜款式認出是許樂天的。

「但也不能保證一定沒事啊。」

「哎，管他的，砸都砸了。」

他才將其中一根木棍遞給許樂天，上方著火的木樑忽然從他們頭頂墜落。

「磅！」

兩人及時閃開，羅震坤急道：「快走。」

許樂天猶豫地看向周圍的活人，問羅震坤：「那其他人怎麼辦？」

羅震坤環顧四周火勢，猶豫了一會，「管不了那麼多了。我們先保命要緊。」

許樂天卻想能救多少算多少。

他蹲下來，正要背起身旁一個失去意識的老人時，忽然一個小女孩的竊笑聲響起。

「嘻嘻。」

兩人聽到的同時，互相交換了眼神，羅震坤立即將項鍊戴回許樂天身上，並四處張望。有陰陽眼的他很快就發現，大廳內的活人不論老少，全是男的。

他懷疑發出笑聲的是台上的藝妓，才轉頭過去，就看到三個藝妓同時對他們射來飛扇。

羅震坤下意識地揮棒將飛扇打偏。那飛扇力道極大，他揮棒打擊的瞬間，雙手虎口都被震麻了。許樂天則拿圍棋棋盤當盾牌，擋住自己和老人，雖成功擋下一把扇子，但手臂仍被另一把劃傷。

許樂天放下棋盤的時候，驚見扇子如刀般直插進棋盤裡，連忙對羅震坤說：「小心，扇子是金屬製的！」

羅震坤點頭說：「我揮棒的時候也有發現。」

三把扇子宛如末端繫著看不見的線，同時以極快的速度飛回舞台，被三個面無表情、妝容死白的藝妓，以相同的抬手姿勢接個正著。

第七章 傀儡

眼看著浴池裡的角鬼們朝自己撲來，絨絨靈光一閃，收走白骨鞭上的妖火，改成逆向控制，施展凍結之術。

「冰天雪地！」

角鬼們連同浴池水面馬上結成冰，它們猙獰的表情也為之凍結。

絨絨一個躍起，甩數鞭過去，三兩下就將它們擊碎。碎塊落地的剎那，先是化為粒粒砂石，接著又氣化般煙滅。

「礦鬼？」

絨絨記得麗麗曾說過，礦鬼大多是在礦坑或隧道工程中慘遭土石活埋、且未被安葬的冤魂所化。它們的魂魄經年累月地與土石融為一體，也因而獲得礦石之力，所以普通妖火奈何不了它們。不過礦鬼也有共通的弱點，那便是「脆」，只要抓對角度或是先急凍再施力，它們便會脆裂而亡。

大抵上，不同類型的礦鬼，有各自的強項、弱點。絨絨過去從未見過礦鬼會在攻擊時長出角和獠牙，這個空間裡的礦鬼顯然非同一般，不知是哪種礦石的力量所導致的「異化」。

她疑惑自問：「這邊附近有礦坑或隧道嗎？」

許樂天眼見台上藝妓們又同時擺出一樣的姿勢，直覺不妙，和羅震坤互看一眼，雙方都用眼神告訴彼此：小心第二波攻擊。

羅震坤知道許樂天肯定是透過某種方式知道自己被困在這裡，所以才會來這裡救自己。要是許樂天因為自己受到傷害或受困在此，他會自責一輩子。如果兩人之中只能有一個人活著出去，那個人必須是許樂天。

於是他一咬牙，對許樂天說：「抓住機會就跑，別管我了。」

許樂天與他從小一起長大，自然知道他的打算，立即打斷他，「別衝動。要走一起走。」

話音方落，許樂天就聽到有人冷哼一聲，「還不是得靠我。」

突然間，三把飛扇再次射來。有道人影忽然現身，擋在許樂天和羅震坤身前。

他們眼前一花，只聞鏗鏗數聲，飛扇便已都被舞蛇般的骨鞭打飛！緊接著冷風大作，大廳四周火苗眨眼便悉數被撲滅。

許樂天一反應過來，馬上將絨絨拉到自己身後，關心地問：「妳沒事吧？」

羅震坤見地上那些扇子都被打得扭曲變形，心中也是一驚。他抬頭一看，愕然地說：

「小狐狸？」

絨絨沒理羅震坤，語帶撒嬌地對許樂天說：「當然有事，我都受傷了。你就只在乎地雷，都不在乎我。」

她美貌無雙，撒起嬌來更是嬌媚動人，但羅震坤個性過於剛正、不解風情，聽了這番話只是渾身都起雞皮疙瘩，心想這傢伙講話幹嘛黏呼呼的啊？

他可沒忘記她是狐狸精變的，對她還是有些防備。

「我哪有。」許樂天著急，「妳哪裡受傷了？妳現在是肉身，傷口要趕快處理，不然感染惡化怎麼辦。」

絨絨看許樂天緊張自己，便戳戳他臉頰，笑著說：「開玩笑的。你們那麼弱不禁風都沒事了，我怎麼會有事。」

許樂天回以尷尬一笑，低聲說：「那就好。」

他自卑地想，是啊，就算現在身體變強壯了，和絨絨比，我也還是弱不禁風。為什麼我只是凡人？要是我有能力可以保護大家，該有多好？

絨絨發現許樂天手臂受傷了，立刻施法幫他療傷，傷口眨眼就癒合。

羅震坤則對絨絨不滿地說：「搞什麼啊。都什麼時候了，妳還開玩笑。快走啦。」

「哼。」絨絨回他一記白眼，又看向許樂天，「松香拿出來吧。」

「喔。」許樂天摸了摸口袋，但那罐松香竟然不見了！他立即低頭察看周圍和地下。

絨絨和羅震坤會意過來，一個輕嘆一口氣，一個邊低頭幫忙找邊說：「松香是要幹嘛用的？」

許樂天回答：「我們現在身處異度空間裡，要有松香才能離開。」

此時，四周忽然一暗，燈光全滅了。

「嘻嘻……嘻嘻……」

黑暗之中，一束聚光燈般的光線打在舞台中央。三人同時看過去，台上中央的藝妓手中，正握著那瓶松香罐。

絨絨話不多說，直接用骨鞭將那個藝妓連同舞台劈成兩半。

被剖半的藝妓面無表情地向兩邊倒下成灰，露出後方跪坐在地的小女孩。她身上的黑色和服以金絲繡花，比衣著鮮豔的藝妓更加大器精緻。她的相貌看來大約十歲，留著齊劉海、公主切，一頭又黑又直的長髮與和服融為一體，皮膚如藝妓般死白，但唇瓣卻塗得血紅，華麗之中帶有腐敗的氣息。

落地的松香罐在地上滾動著。絨絨甩鞭過去，正要將罐子捲回來時，被小女孩搶了先。

小女孩打量了松香罐一眼，對他們露出饒富興致的微笑。

直覺告訴絨絨，摸壁鬼、礦鬼、藝妓和樂師都不過是傀儡，這個小女孩才是他們背後的操縱者。

但有一點她想不透，小女孩為什麼要現身呢？

現在有絨絨給兩人壯膽，他們便不如方才那般慌張了。羅震坤大聲問小女孩：「妳是誰？」

小女孩對他們微微鞠躬，說了一串日文。

比起喜歡看日本動畫的許樂天，羅震坤對日文完全一竅不通。他用手肘頂頂許樂天問：「她說什麼？」

許樂天說：「呃，我只聽得懂她說的第一句，應該是：『初次見面。我是……』」他不太確定地說，「『花……子？』」

羅震坤回以死魚眼，「該不會是那個日本校園傳說的『花子』(註1)？那我們也太冤了吧。我們既不在日本，也不在學校廁所，為什麼會遇到？」

台上的燈光開始閃爍，突然全暗下。再亮起時，四面八方都站著藝妓。她們全都無聲

註1：日本從江戶時代起，有祭祀「廁神」的習俗。二戰後這種習俗雖然消失，卻演變成「學校廁所的花子」傳說。至今，花子已成為日本最有名的妖怪之一，各縣都有自己的花子傳說。

無息地瞬間出現，並且都以同樣的姿勢持扇。

絨絨環顧一圈，不屑地輕哼一聲，但許樂天和羅震坤就沒辦法那麼淡定了，在他們眼裡，簡直就像是被一群持槍的恐怖份子包圍一樣。

台上的花子打開松香罐，倒一顆松香到手上，拿到眼前仔細打量。

羅震坤喊著：「喂，那是我們的東西。妳懂不懂禮貌？」

許樂天說：「你跟她說這些也沒用，她應該聽不懂中文吧。」

花子挑釁似地將剩下的松香全部倒到地上，刻意高高抬腳，讓三人能清楚看見她將松香悉數踩碎成粉末。

許樂天驚喊：「糟糕！」

「跟我鬥？」絨絨將計就計，立即發動風術，舞台上忽然颳起一束小龍捲風，吹得松香粉漫天飛舞、將花子包圍。接著她催動妖火，使花子瞬燃爆炸！

「啊呀——」烈焰之中，花子的尖叫聲額外淒厲。

她周圍的藝妓和樂師全都在灼熱妖火的氣浪中瞬間氣化。

羅震坤見狀，正想衝上台，就被許樂天攔下，急問：「你瘋啦？」

羅震坤說：「你不是說要有松香才能離開這個異度空間？說不定還剩幾顆松香沒被踩碎。」

「火那麼大，都燒掉了吧。」許樂天又說，「他們既然有弦樂器，就一定會用到松香，我們再到其他和室找找吧。」

絨絨看妖火能燒滅台上藝妓，正要甩動火鞭、滅掉他們周圍的藝妓時，眾鬼忽然自動消失。

她眼珠轉了一圈，「不必那麼麻煩，叫她交出松香就好。」一揮手便滅掉台上火勢。眼前的景象太過駭人，許樂天倒抽一口氣，就連見慣各類屍體的羅震坤也低聲道：「哇靠……」

道道黑煙中，花子仍舊跪坐在地，只是已被妖火燒成一具焦屍，頭部無力地垂了下來。

「裝死啊？這招騙人還行，但騙不過我。」絨絨冷啐，「再給妳一次機會。交出松香，否則我讓妳真的魂飛魄散。」

花子似是受了重傷，緩緩抬起頭，一塊塊燒焦的皮肉從臉上剝落。她有氣無力地喃喃說了幾句，但說的還是日文。

許樂天同情地說：「天啊，她燒得好嚴重。絨絨妳——」

他正想說她下手太狠，就被羅震坤打斷，羅震坤問他：「到底要怎麼說『松香』的日文啊？」

絨絨說：「日文？她以為她在哪？憑什麼要我們配合她說日文？」

許樂天下意識拿出手機，想Google搜尋，又發現沒訊號，急得跳腳，「哎唷，忘了這裡沒有基地台。」

絨絨扭頭對花子說：「既然答不出來，那就乖乖挨揍吧。如果我們出不去，我也不會讓妳好過。我倒要看看妳能挨我幾鞭。」

許樂天抓住絨絨的手臂勸阻，「不要啊，說到底，她其實也沒傷害到我們。妳把她燒成這樣，已經很過分了。」

絨絨說：「你腦袋是被獸夾夾到了嗎！閉嘴！」

反倒是一向對她有防備的羅震坤，配合地伸手摀住許樂天的嘴巴。

絨絨一催動三昧真火，骨鞭頓時化作金蛇一般，瑰麗無比卻又極其危險。

花子似乎被三昧真火嚇到了，忽然開口：「不要！」她雙手奉上一塊如蜂蜜般透明色澤的方塊，低下頭，聲音顫抖地說，「請妳放過我。」說的時候，手臂又掉了幾塊焦肉下來。

許樂天訝異地說：「妳會說中文！」

羅震坤一馬當先地衝上台，將那塊東西拋給許樂天，一邊跑回來一邊問：「是松香嗎？」

雖然都是松香，但樂器行和化工行販售的品級和外觀截然不同。樂器行賣的松香就算是等級最低、最廉價的，也是外觀如茶色琥珀般精緻華美；而化工行賣的松香大多未經打磨加工，看起來像粗製蔗糖塊般原始樸實。

是以接住它的許樂天，細看了一會，看出它是樂器行賣的松香，「應該是。」

絨絨起疑地想：不對，太容易了。花子肯定還有後招。

果然，那塊松香馬上就消失了。

「何必大動干戈呢？」花子說。她此刻中文說得流利，竟已不帶一絲日文腔調。

三人同時看向燒焦的舞台，只見花子正一邊甩掉外層皮肉，一邊起身朝他們走來。

許樂天和羅震坤看得目瞪口呆，而絨絨則微微挑眉，一邊觀察一邊想：雖然花子對火術的承受力較弱，但她癒合的速度很快。如果真要用三昧真火對付她，必須連續快攻。

花子好似瞬間移動般，上一秒還與三人隔著半個大廳的距離，下一秒就已出現在他們跟前，而且外表完好如初。

雖然稚嫩的她十分矮小，但氣勢上完全不輸絨絨。她有著超齡的成熟穩重，舉止優雅從容，眼神淡然地瞥了一眼絨絨的火鞭，繼續說：「三昧真火雖然能滅得了我，但真要打起來，就會迅速消耗掉大量氧氣。妳確定，你們三個都能撐到最後嗎？」

第六章 笑聲

第七章 傀儡

第八章 女將花子

第九章 藍火

第十章 山神與巡山員

絨絨瞇起眼睛，心想：花子有這般心機，不可小覷。

花子頓了一下又說：「來者是客。不論是人是鬼，只要光臨，我們都竭誠招待。如果有什麼得罪的地方，就讓我們化干戈為玉帛，到此為止吧。讓我們好好招待你們泡溫泉，做為賠罪，好嗎？」

羅震坤聽不下去，氣憤地說：「放屁！妳們在門口硬拉活人進來，肯定不安好心。妳們到底有什麼企圖？那些人都到哪裡去了？」

花子充耳不聞，眼睛只是直勾勾地盯著絨絨。

羅震坤與許樂天互相看對方一眼，許樂天沒有羅震坤那麼大的火氣，只是一臉困惑地問花子：「不是，花子，妳到底是誰啊？」

花子微微鞠躬答道：「我是『女將』，也就是這間澡堂的女老闆。」她又看向絨絨說，「待你們享受完溫泉，我自然會雙手奉上松香，恭送你們離開。如何？」

絨絨思酌，花子工於心計，傀儡術又遠在我之上；我只能操控紙人，她卻連鬼都能控制。真要打起來，我不一定能贏。幸好除了松香以外，還有一樣東西可以助我們逃離這個空間。只要能找到「它」，我就能馬上帶許樂天和羅震坤離開。

而且，她眼下還有許多關於麗麗和澡堂的疑問未解，便決定假意答應花子，以利找尋機會，查明究竟。

許樂天和羅震坤都還有話要說，但絨絨出手制止了他們。她收起鞭子，對花子說：「可以。但妳得先答應我三個條件。」

「請說。」

許樂天誤以為絨絨是為了藉由泡北投的青磺泉提升靈力、喚起昔日記憶，才答應花子，便急著阻止：「別答應她！這裡的溫泉水並不是真正的硫磺泉。浴場的霧氣和硫磺味只是偽裝而已。」

花子不慌不忙地說：「先生好眼力。我就如實相告吧，男湯的確是普通的熱水，而浴場的硫磺味其實是來自摸壁鬼身上的味道，並不是為了隱藏什麼。私人湯則是真正的青磺泉，對於提升靈力有明顯的助益。」

絨絨起了疑，覺得花子似乎急於掩飾著什麼。

羅震坤好像想到了什麼，追問：「那麼摸壁鬼又是哪來的？為什麼身上會有那種硫磺味？」

花子總算願意搭理他了，她回答：「他們生前都是開鑿溫泉澡堂的工人，硫磺氣中毒身亡後，無人安葬、祭祀，魂魄便一直流連澡堂不去，所以身上會有股硫磺味和腐臭味。」

這個線索使羅震坤心頭一驚，馬上聯想：難道摸壁鬼與六起硫化氫中毒死亡案有關？

不會吧，兇手竟是摸壁鬼？這太荒唐了。

絨絨回應許樂天：「這些我都心裡有數。」她又對花子說，「總之，我只有三個條件。第一、妳必須回答我們一些問題。第二、不只是我們，其他人也必須送回原來的世界。第三、妳不能再抓活人進來。」

花子的反應出乎三人意外地乾脆，她說：「那有什麼問題。為了表示誠意，我還能給妳VIP。」

絨絨不知道什麼是VIP，但生性驕傲的她假裝自己懂，還一臉嫌棄，「VIP有什麼了不起。你們有溫泉蛋嗎？」

花子說：「當然有。妳想吃雞蛋、鳥蛋、蛇蛋，還是壁虎蛋？」

「這還用問，當然是四種蛋都要啊。」

許樂天心中充滿疑問，還是忍不住問了花子：「其他人都還好嗎？你們為什麼要創造這個空間？」

羅震坤也問：「對啊，目的到底是什麼？」

「疫情期間，博物館不營業，我只是想趁這段時間利用這個場地布陣、提供各路妖鬼泡湯解乏。至於活人，我們會拉運勢低或八字輕的男人進來，只是為了吸取他們的精氣，吸過之後就會自動送他們回原來的世界。我們只會吸取一點，所以男人們醒來之後都只會疲憊幾天而已，對他們根本不會造成嚴重傷害。」花子避重就輕地說。

許樂天幫羅震坤問：「只拉運勢低或八字輕的男人進來嗎？有先天或後天陰陽眼的呢？」

「與陰陽眼無關。」花子瞥了羅震坤一眼，「這位先生是自己闖進來的。」

羅震坤感到這其中有些古怪，心想我從搭林曉大樓的電梯開始就一路遇到怪事，難道這一切都與花子的鬼澡堂沒有關係？那麼又是誰搞的鬼？

絨絨則順勢問花子：「那麼女人呢？」

「美麗的女人誰不愛呢？只要有運勢低或八字輕的美女經過這裡，我們就會把她的魂抽出來、注入記憶、洗腦成女招待。」

「這麼說，她們都是被控制心神的？」絨絨懊悔地說，「要是早知道剛才那幾個攔我的都是無辜的女人，我根本不會燒她們。」

「全燒光了也無所謂。妳放心，人有三魂七魄，為了保存女人們的肉身，我們會在肉身裡面留一魂七魄，讓她們處於植物人狀態，好好保管。那些被抽出來的兩魂就像是中秋連假的短期工，本來就會在下弦月來臨時被湮滅。陣法失效前，我們自會將她們的肉身連同一魂七魄完璧歸趙、送回原來的世界。而她們醒來以後，亦不會記得這期間發生的事，殘缺的兩魂也會隨時間再生。女人怎麼會害女人呢？」

羅震坤聽了火冒三丈，氣到笑說：「真是『人不要臉，天下無敵』耶。你們擄人進來、百般剝削利用，還敢說得這麼理直氣壯。」許樂天聽了也很是氣憤，「北投不是有個溫泉守護神不動明王嗎？為什麼他都不阻止你們？」

花子自動忽略羅震坤的指責，「『不動明王』只是凡人給的稱號，他其實是修行有成的善鬼，聽說最近去參加『蟠桃大會』了。」

絨絨對花子說的話始終半信半疑，她試探地問：「這裡的女招待都是抽活人的魂出來，洗腦成的嗎？」

花子答道：「是的。」

絨絨又問：「可是我剛才好像有看到我認識的女鬼。她已經死了二十幾年了。」同時絨絨也開始懷疑：麗麗的肉身會不會像其他被擄來的女生一樣，也在花子手上。

許樂天感到奇怪：絨絨和麗麗朝夕相處了二十幾年，絨絨怎麼可能會認錯呢？他正想問花子，就被絨絨抓住手，彷彿是在暗示他不要多嘴。他心想也對，絨絨那麼機靈，既然他想得到，她肯定也想得到，她之所以沒再多問，肯定有她的考量。

絨絨想著：看來花子是不打算老實交代麗麗的事了。如果我追問下去，可能會打草驚蛇，得再找機會來查明內幕。

花子抬手鼓掌了兩下，周圍的活人一下子都消失了。

「好了，活人都送回去了。」花子對三人說，「我帶你們下樓泡湯吧。」

絨絨仰頭嗅聞了一會，確實沒聞到許樂天和羅震坤以外的活人氣息。她指著身旁兩人對花子說：「也先送他們回去。」

沒想到許樂天反而牽緊她的手說：「不行，要走一起走，不能留妳一個人在這。」

絨絨盯著他的手，心裡奇怪他不是有恐女症嗎？現在好了？

許樂天平時隨和、好相處，其實和絨絨一樣是很有原則也很執著的人，認定的事情就一定會堅持下去。他指著羅震坤，對花子說：「送我朋友回去就好。」

羅震坤看許樂天的神情，就知道勸不動他了，便說：「哇靠，現在是怎樣？我要是說我想走，是不是顯得我沒義氣啊？」他抱胸說，「管他的，我豁出去了。反正你在哪，我就在哪。就這樣。」

絨絨瞪了他們一眼，這兩個腦袋是被獸夾夾到了嗎！都什麼時候了，能走還不趕快走，都這麼相信花子的話？

她用眼神暗示他們，無奈兩個男人都不為所動。

花子一撥袖，左臂伸向另一邊樓梯間的方向，對三人說：「請跟我來。」

絨絨留意到花子的態度有異，心想花子大可不顧及他們兩人的意願，直接將他們送回去。之所以不送，是因為本來就不打算放過他們？

若是如此，他們對花子一定另有用處。事到如今，只能走一步，算一步了。

她嘆了口氣，只好與他們一同跟著花子離開大廳。

一群人下到一樓後，沿著中央男湯外圍的走廊走時，許樂天再次將玉墜項鍊拿給羅震坤定心凝神。他身上有芒種，霧氣無法對他產生影響。

絨絨不動聲色地觀察四周，看到男湯盡頭時，忽垂下視線，心中暗自竊喜：「『它』果然在這。」

花子用霧氣隱藏的，果然就是她要找的東西。

絨絨忽然說：「我要先上廁所。」她轉頭對許樂天和羅震坤說，「你們兩個陪我去。」

花子帶三人來到女廁前，沒想到絨絨不是要兩個男人在外面等她，而是要他們也跟著進去。

花子感到十分可疑，於是便在三人進去後，招來其他摸壁鬼進女廁偷看。

一道灰色人影才從另一道牆閃身潛入女廁牆的瞬間，就被絨絨的三昧真火給燒滅。

花子馬上貼耳偷聽，才聽到裡面的絨絨大喊：「色狼！偷看我上廁所！」一行人就出來了。

花子狐疑地看了他們三人一眼。

絨絨說：「看什麼看？還不快帶路。我可是很忙的。」

花子應了一聲，將三人領到一排私人湯屋前。許樂天和羅震坤被安排在一間，而絨絨則被獨自帶到隔壁間。

當花子正要離去時，絨絨突然喊住她：「一起泡吧。我還有一些問題要私下問妳。」

兩人寬衣解帶入湯後，絨絨撥了撥水，先是說：「青礦泉的顏色真的好像玉。」接著忽問，「這間浴場是誰的？」

花子說：「我是女將，浴場自然是我的。」

絨絨輕笑一聲，又問：「那兩個男人對妳來說有什麼用嗎？」

花子反問：「除了吸收精氣，還能有什麼用？他們都是自己送上門的。」

「那我呢？我是對妳有用，還是對妳的主人有用？」

花子看了一眼絨絨的狐狸耳朵，回以一個意味深長的微笑，「狐狸精的媚術天下無雙。若是妳能加入我們……」

絨絨突然臉色一變，蹙眉驚叫：「這水！這根本不是青礦泉！」

「沒錯。」花子抿嘴一笑，「不錯啊，妳能撐到現在才反應。隔壁那兩個，恐怕早就不省人事了。」

絨絨作勢要站起來，身子卻不穩地倚倒在池壁邊緣。

花子說：「麻痺了？實話告訴妳吧，不是水有問題，而是空氣有問題。硫磺氣對於妖鬼來說沒用，但對於活人和半人半妖的妳卻會致命。」

絨絨氣息微弱地說：「妳可以……控制硫磺氣的濃度、讓人……中毒昏迷？」

「正是。人是如此脆弱，要殺人於無形太容易了。」花子眼看絨絨快要喪命，心態也隨之鬆懈，毫不顧忌地說，「不過我完全可以理解妳，換作是我，也會不惜一切代價轉生成人。只要能再讓我活一次，就算要失去所有道行，我也在所不惜。」

這時，絨絨忍不住噗哧一聲笑了出來，「我演不下去啦！」

她飛快地躍出浴池，才套上和服，一束長髮便從池裡甩來、纏住她腰際。

「纏繞術！」她感覺腰被勒得快斷了，反手就用三昧真火燒斷花子的長髮，順便將花子的和服也燒毀。

下一秒，絨絨竟被自己的頭髮給纏住了脖子！

絨絨雖對花子有提防之心，但她怎麼也沒想到花子的傀儡術、纏繞術，竟連她的頭髮都能控制。

「這下燒不斷了吧。」花子冷笑，「妳修的是火術，就算施三昧真火也傷不到自己。

更何況室內的氧氣已經被剛才的三昧真火燒得所剩無幾。在燒死我之前，妳就會先因缺氧而死。」

頸上的頭髮越收越緊，絨絨快要喘不過氣，她使勁拉扯頭髮時，忽然靈機一動，刻意看了一眼隔壁，面露不屑、語帶嘲諷地說：「妳真蠢……被人騙了還沾沾自喜……」

花子起疑，立即扯下窗簾裹身，衝到隔壁間去。絨絨趁她收勢，馬上從另一邊穿牆逃出。

花子進到隔壁間，裡頭空無一人，只見浴池水面漂浮著兩張葉紙人，當即錯愕大叫：「幻術！」

外面男湯大浴池那裡傳來重物入水的聲音，花子衝到走廊上一看，整個男湯包括周圍四條走道都煙霧瀰漫，明顯比剛才更濃郁。

花子驚疑道：「風術？」

「意外嗎？」絨絨從浴池尾端的濃霧中現身，「妳以為，只有妳能控制硫磺氣的濃度嗎？」

此時的絨絨雙眼布滿血絲，唇色和指甲也發青，明顯已經氣體中毒。

花子不知絨絨究竟在打什麼主意，「妳為什麼要這麼做？硫磺氣濃度越高，你們就會毒發得越快，不是嗎？」說到這，她環顧周圍，「那兩個男人呢？」

第七章 傀儡

第八章 女將花子

第九章 藍火

第十章 山神與巡山員

第十一章 蛇郎君

稍早前，絨絨、許樂天和羅震坤一進到女廁，她就馬上用食指抵唇，示意他們別說話，僅在他們掌心寫字、傳遞訊息。

她從許樂天那裡拿回葉紙人，並抽出兩張，將兩個男人的血分別滴在兩張葉紙人身上。這時她忽然感受到摸壁鬼的氣味，很快以三昧真火將它擊滅後，一邊喊話一邊施幻術，將葉紙人化成帶有他們氣息的替身。

隨後她施展龜息術，暫時隱去兩人氣息。她和兩個替身走出女廁的同時，他們則繼續躲在女廁裡。

龜息術會快速消耗靈力，因此絨絨不到最後關頭不會輕易使用，再加上她僅學會初階，不能完全隱去活人氣息，只要其他妖鬼距離夠近或留心嗅聞，還是能察覺出來。因此絨絨為了轉移花子注意力，故意邀她一起泡溫泉，詢問她一連串問題。

待她們離開一陣子後，女廁裡的兩人才趕緊悄悄來到男湯尾端。

四周霧氣太濃，花子一時間感受不到兩個男人的氣息。

絨絨怕花子看出兩人的所在，忙說：「妳現在應該要擔心的是陣眼在哪吧。傀儡術我不如妳，但我的幻術可在妳之上。」

「什麼意思？」一個念頭閃過花子的腦海，她立刻轉身奔至男湯盡頭。

來到男湯盡頭，她赫然發現濃霧中的皓月重城陣陣眼——北投石——不再散發能量（註1）！同時，絨絨已伸展雙臂，彎腰躍入男湯浴池。

花子衣袖朝北投石一揮，理應重達八百公斤的它馬上就此倒下，變成一張葉紙人。原來，絨絨早已神不知鬼不覺地偷走了北投石，放了張葉紙人，施幻術以狸貓換太子。

「陣眼被搶走了！」

花子的臉上頭一次出現憤怒的表情。她轉身怒視浴池時，才發現自己的頭髮已在不知不覺間被十幾隻葉紙人交叉纏繞在浴池邊緣的欄杆上。

她憤恨地尖叫一聲，召喚出浴場所有的摸壁鬼。

數十隻灰濛濛的人影同時從四面八方的牆裡跳出，直朝男湯而來。

而絨絨一入水，便迅速游向池底的許樂天和羅震坤，北投石就在他們之間。

方才重物入水的聲音，正是三人費了九牛二虎之力，才把北投石給推進水裡。絨絨為了施展風術聚攏硫磺氣，必須先中止龜息術，又為了避免許樂天和羅震坤的氣息被花子察覺，也怕濃度過高的硫磺氣會害他們中毒，所以先叫他們入水等待。

而此時的他們已經快憋不住氣了。

當摸壁鬼群跳到浴池上空、即將落下時，絨絨催動三昧真火引爆硫磺氣團。水面上閃現一連串絢麗藍色火焰（註2）的同時，水下三人一同將掌心貼上北投石。

絨絨憑藉陣眼之力施展瞬移術，默唸：「水通三界！」

池邊的花子眼睜睜看著水下三人連同北投石一起消失，卻又來不及阻止，氣憤地仰頭大叫。

整棟浴場氣爆炸塌的瞬間，在場所有眾鬼都被這股猛烈的炙灼氣流頃刻焚盡！

時間已過午夜，捷運北投站內，一個捷運站務人員正在月台上進行關站前的最後檢查。

他經過月台的大型北投特色模型區時，突然「嘩啦」一聲，連人帶手機地被潑得全身濕。他愣了一下，轉頭看去，模型的溫泉池裡竟然多了三個人！而且其中一個女的還穿和服、疑似戴動物耳朵造型的道具。

「咳咳咳……」全身濕透的他們先是咳了幾聲，才開始大口深呼吸。

註1：北投石是以「北投」地名命名的稀有放射性溫泉礦物，由青磺泉經年累月沖積而成。全世界僅有北投地熱谷和日本秋田縣玉川溫泉區兩處產地。

註2：硫化氫和氧氣燃燒會產生藍色火焰。

站務人員嚇傻了，過了幾秒才說：「搞什麼啊……你們幾個哪來的？」

三人中的女人突然抬頭與他對上視線，「你什麼都沒看見，一切正常。滾。」

接著他眼中「多出來的三個人」消失了，模型區恢復正常。

他看著溫泉池模型裡原本就有的三個人物雕像，喃喃自語：「大概是太累，出現幻覺了吧。嗯？怎麼忽然想……」

他不由自主地蹲下來，默默前滾翻了起來。

溫泉池模型裡的絨絨呼吸順了以後，立刻運起剩餘的靈力為自己排毒，身上的不適很快就消退，只不過靈力耗盡的她臉色有些蒼白。

許樂天傻眼地看著那個站務人員滾得越來越遠，想叫住他又不知道該說什麼。

此時羅震坤突然開口：「喂，這個怎麼辦啊？」

絨絨和許樂天轉頭一看，溫泉博物館的鎮館之寶——北投石，也跟著他們轉移到溫泉池模型裡。重達八百公斤的它已經壓垮池底、陷在底部了。

許樂天說：「它怎麼會在這？我們又怎麼會在這？皓月重城陣產生的異度空間不是和現實世界重疊嗎？如果我們被轉回來，不是也應該被轉到博物館裡的男湯大浴池嗎？」

絨絨偏著頭說：「我猜異度空間是由『空間裡的建築』撐起來的——」

她說到這裡，許樂天就懂了。他接著說：「所以大範圍的猛烈氣爆造成浴場結構嚴重破壞，整個異度空間因而局部坍縮，陣眼藉由水將我們送回時，產生了位置偏差，我們才被送到了北投站月台。」

絨絨點頭，雖然聽不懂他在說什麼，但好像很厲害的樣子。應該沒錯吧。

接著許樂天想起麗麗，問絨絨：「對了，麗麗呢？妳剛才不是有看到她嗎？難道妳剛才在二樓殺紅了眼，一不小心就？」

「怎麼可能。」絨絨垂下頭，喪氣地說，「我追丟了。」

「你們都沒有回答到我的問題啊。」羅震坤指著北投石，「所以我說，這個怎麼辦？」

絨絨有氣無力地說：「管他的，我靈力已經耗盡了。明早再說吧。」

她忽然倒抽一口氣，雙眼盯著手上的骨鞭，眼眶開始泛紅。

許樂天注意到她臉色發白，忙問：「怎麼了？發生什麼事了？妳沒事吧？」

絨絨熱淚盈眶，哽咽地說：「它變不回……尾巴了。接不回去了……」

「怎麼會這樣？」

「不知道。」絨絨傷心地握緊骨鞭痛哭。

羅震坤不明就裡地說：「變不回就變不回啊。反正妳現在是人形，也用不到尾巴。」

絨絨含淚怒嗆：「你懂什麼！這是用不用得到的問題嗎？尾巴就是狐狸的尊嚴！要是你們的雞雞斷了又接不回去，你們能接受嗎？」

羅震坤抖了一下，許樂天則用眼神暗示他少說兩句，安撫絨絨：「別著急，可能是因為妳的靈力快沒了？還是我們去泡真正的青磺泉？也許有助於修補尾巴？雖然現在捷運已經停駛，但北投站離新北投站不遠，走十幾分鐘就到了。」

他邊拿出濕答答的手機邊說：「還好我們的手機都是防水的。」他問羅震坤，「你的呢？」

「廢話。」他拿出與許樂天一樣型號的手機，晃了晃，「我的手機不是都你在挑的嗎？但現在已經沒電了。」

絨絨問：「是到新北投站附近的地熱谷嗎？」

羅震坤說：「開什麼玩笑，地熱谷水溫高達九十度，會燙死人的。」

許樂天說：「絨絨修的是火術不怕高溫，只不過地熱谷禁止入內，我說的是地熱谷附近的溫泉飯店。」

絨絨一邊擦眼淚一邊孩子氣地說：「好，我還要吃溫泉蛋。我餓了。」

許樂天忍不住莞爾，都這個時候了，還想著溫泉蛋。

「好好好，吃溫泉蛋。」他背起虛脫的她走出模型區，對羅震坤說，「現在時間也已經很晚了，要不要和我們一起在溫泉飯店過夜、一起過中秋？反正明天也不用上班。」

「那是你們普通上班族才有中秋連假。不過，如果是你請客的話，當然沒問題。」羅震坤瞥了一眼絨絨，彷彿不甘示弱，也吵著要許樂天買月餅給他吃。

許樂天說：「好。我們吃完溫泉蛋再吃月餅，一邊泡湯一邊吃。」

羅震坤抱胸說：「不要，我們先吃月餅再吃溫泉蛋。」

絨絨不滿：「不行！當然要先吃溫泉蛋再吃月餅。我先說的。」

兩個人像小孩子一樣互相推打了起來，背著她的許樂天只得與羅震坤拉開距離，一路勸架……

三人沒多久就來到地熱谷附近的溫泉區。幸好，不少溫泉飯店的客房和湯屋都是二十四小時營業，他們就近挑了間飯店進去。

許樂天在櫃檯辦理入住時，櫃檯人員見他選的是家庭房，又看同行的女子裝扮奇特，遞房卡給他時還小聲委婉地說：「疫情期間，還是請注意一下人與人之間的連結啊。」

許樂天滿臉通紅地揮手忙說：「我們不是妳想的那樣。」

但櫃檯人員只回以一個苦笑，擺明不信，令他有些尷尬。

家庭房空間寬敞，採日式禪風設計，空間大多是木、石質地，令人放鬆。陽台上就有半露天的溫泉浴池，可以一邊泡湯一邊賞月。

許樂天打電話叫客房服務幫絨絨和羅震坤點餐時，羅震坤悄悄對絨絨說：「喂，剛才，謝啦。」

他本來對絨絨是沒有太多好感的，一來是他本來就沒許樂天那麼單純，二來是民間關於狐狸精的傳說大多負面，讓他一直擔心許樂天會被她傷害或拐騙。但剛才一同經歷了這些，他對絨絨也改觀了不少。這也是為何他會願意搭理她、與她鬥嘴打鬧。

絨絨一邊好奇地翻看著房內的物品，一邊漫不經心地回應：「不必謝。我是看在許樂天的份上才救你的。你是他最好的朋友，我要是袖手旁觀，他肯定又要生我的氣。真不知道，像他這麼弱的人，怎麼敢跑進浴場救你。」

「弱？」羅震坤顯然對於這個評價感到很意外，他啼笑皆非地搖頭，「妳覺得這個世上最強大的東西是什麼？拳頭嗎？」

「那還用說嗎？就是因為許樂天弱不禁風，小時候才會被同學欺負、關進女廁裡。要是他壯得像頭牛，誰敢動他？」

「他跟妳提過這件事？」羅震坤若有所思了一會，「那他有跟妳提過，他救過我的事嗎？」

絨絨驚訝地問：「他？你？怎麼可能。」

羅震坤笑著說：「我就知道他不會說。大概是小學四年級的時候吧，那時我是校棒隊隊員，每天早上都要晨練。

「有天，體育課臨時被調到上午，而且還是考體適能。我等於晨練完沒幾個小時又接著運動，結果在測心肺耐力的時候，才剛開始跑就突然昏倒。

「同學們都被嚇到，要來扶我的時候，被體育老師制止，他以為我想偷懶，所以假裝昏倒。

「結果，妳知道天兵怎麼樣嗎？他說要送我去保健室，老師不答應。他又拜託了幾次，老師還是不答應。他就跟老師說了聲對不起，然後抓了一把沙子往老師臉上丟去，趁老師抓狂的時候，背起我跑過整座操場、跑去保健室。

「後來我被送醫急救，才撿回一條命。那個時候我們全家才知道，原來我有心臟病。如果不是他，我可能早就沒命了。

「我要說的是，天兵是那種『自己被欺負就會不知所措，別人被欺負就會挺身而出』的怪人。」

聽完以後，絨絨對許樂天有一點改觀了，她凝視他的背影說：「所以，他不是軟弱，而是太善良了。」

彷彿感受到她的視線，許樂天也轉頭對她微笑。

羅震坤看著兩人相視而笑，搔搔太陽穴，心想自己是不是電燈泡啊？

待餐點都送到，許樂天將餐盤端到陽台，對兩人說：「好了，我們可以邊吃邊泡啦。」

三人裹著大浴巾在陽台上一邊賞月一邊享受溫泉。許樂天拿了溫泉蛋給絨絨，又拿了月餅給羅震坤，「中秋節快樂。」

「中秋節快樂。」絨絨和羅震坤同聲說。

剛開始氣氛和諧融洽，但絨絨和羅震坤很快又為了餐點打鬧起來。

待餐點被搶食殆盡後，許樂天看他們吃得心滿意足，才提起正經事，「對了，妳之前不是說，布皓月重城陣的妖鬼很強，實力在妳之上嗎？怎麼感覺花子一下子就被妳打趴了？」

絨絨翻了翻白眼，「哪有一下子，我都差點中毒斃命了。還有，你以為花子就是布陣者嗎？」

「不然呢？她不是說她是女將嗎？」

「不，她雖不弱，也沒那麼強。她是可以控制進出異度空間的裂口，但能力遠不足以布陣。我就是看準了布陣者不在才敢大鬧的。也正因如此，我認為那個布陣者就是她背後的主人。」

羅震坤一臉茫然，許樂天向他解釋：「簡單來說，女將花子就相當於是店長，布陣者則是幕後股東。」

絨絨又說：「剛才我故意試探花子，她的反應很有意思。似乎對她或她的主人來說，你們兩個的重要性都更勝於我。」她對許樂天說，「你還記得大湖凶靈嗎？你的靈魂和肉身似乎都對鬼有莫大的吸引力。我在想，也許其他有野心、有能力的鬼，會想把你當成奪舍的目標。」

「不會吧……」許樂天一臉哀怨。

羅震坤愕然道：「奪舍！妳是認真的？真的有奪舍這種事？」

許樂天有點訝異地說：「你聽過？」

羅震坤答：「以前聽局裡的前輩們還有地檢署的檢察官說過幾次。但我和白……我是說另一個比較年輕的檢察官，都一直以為他們是想嚇菜鳥。沒想到真的有這種事。」說到這，他又把項鍊戴回許樂天頸上。

絨絨看向羅震坤，困惑地說：「許樂天是自己送上門的肥羊沒錯，但你絕對不是。花子他們肯定是一開始就鎖定你，有意為之地一路將你引進浴場。奇怪的是，後天陰陽眼只是容易被注目，並沒有特別的能力啊。我實在想不出你對花子有什麼價值。」

許樂天靈光一閃，「地雷是法醫啊。」他也看向羅震坤，「會不會是你最近偵辦了什麼案子，讓花子認為有抓你的必要？也許他們認為，有陰陽眼的你能找到破案的關鍵？」

羅震坤立即想起那六起硫化氫中毒案，當即眉頭皺起，心想就算真兇都是鬼好了，它們殺人的目的又是什麼？六起案件中的死者都是獨居老人，壽命本就所剩無幾了不是嗎？

許樂天知道他不能將案情說出來，只拍拍他肩膀，「最近小心一點，不要落單了。」

絨絨說：「我懷疑浴場引活人進去的目的，可能與吸收精氣和招攬生意一點關係也沒有。否則羅震坤已經進去一天了，為什麼精氣絲毫無損。」

許樂天接著說：「花子是不是騙我們？如果那些女招待真的都是抽活人的魂來用，麗麗怎麼會在那。妳不可能認錯人啊。」

絨絨點頭說：「我懷疑他們有更大的目的。」

羅震坤越想越心煩，泉水的暖熱更令他頭昏腦脹，他煩躁地抓頭說：「好煩啊，煩死了，我要去睡了。」說完便起身入內。

許樂天也感覺自己泡了太久，有些不適，起身坐到一旁的躺椅上吹風。

「絨絨，我記得妳之前說過，轉生法寶都是藏在水中滋養的。北投是溫泉區，這裡會不會也有轉生的法寶？」

絨絨這陣子的心思都在找麗麗上，經他一提，才想到轉生這件大事。

她細想了一下，搖頭說：「這附近溫泉區的『勢』都不足以涵養法寶。」

青磺泉確實有助於妖鬼療傷，現在她的靈力已經完全恢復，並且感到通體舒暢，只是她的骨鞭還是變不回尾巴。

她落寞地盯著骨鞭，喃喃地說：「為什麼會這樣？」

許樂天猶豫了一會，才鼓起勇氣輕拍她的肩，「會不會是因為妳的狐狸身正在過渡到人身，而人在演化的過程中尾骨已經退化到只剩尾椎，狐狸尾骨一旦脫離太久，就接不回人身？」

她似懂非懂地說：「大概吧？我現在的肉身已經越來越接近人，但魂魄依舊是狐狸，兩者之間不能完全相容，所以會出現問題。」

「看來是個bug啊。」許樂天不知道該怎麼安慰她，想破了頭只說得出這句，「要不要再來一些溫泉蛋？我再打電話叫？」

「想安慰我？」絨絨隨口說，「給我芒種，我可能心情會好一點。」

許樂天想都不想就點頭答應。他低頭看了一眼自己，「我怎麼給妳？」

她抬頭凝視了他一會，忽然坐上池邊，雙臂直接勾住他的後頸，嘴唇覆了上去。出乎意料的，這次他不再因為她的突然之舉而閃避，而是任由她吻住。

她感受到他的心也跟她一樣悸動著，滿心喜悅之際，便直白地告訴他：「騙你的，芒種我才不稀罕呢。我只是想親你而已。以前我對你只有好感，但不知道為什麼，慢慢變成人身以後，情緒和感情都變得越來越強烈，對你的喜歡也越來越多了。」

許樂天被她的坦率鼓舞，心中一陣激動，便脫口說：「我……也喜歡妳。應該喜歡很久了。以後我們一直在一起，好不好？」

「好。」絨絨涉世未深，對愛情也是一知半解，「你喜歡我，是因為我是你唯一不害怕的女生嗎？」

「妳不是唯一一個啊？」

「什麼？」絨絨先是訝異，接著有些吃醋地問，「不然還有誰？」

「我媽、我阿嬤、我阿姨……」

她噗哧一聲笑了出來，再次傾身向前。這次許樂天主動伸臂摟住她，兩人伴隨著房內羅震坤雷鳴般的鼾聲，在圓月下擁吻。

第八章　女將花子

第九章　藍火

第十章　山神與巡山員

第十一章　蛇郎君

第十二章　亡靈列車

日出之際，晨曦如山風一般輕柔，絨絨獨自在陽台泡湯，藉著青磺泉凝神運功。蟲鳴鳥叫之中，浴池裡的泉水如煮沸般冒泡，她周身騰騰蒸氣，額上心宿印記閃爍不已。本來就位於「湧泉階」之巔的她，成功升上了「乘風階」。同時，過往回憶也隨即被喚起。

她腦海中快速閃過一段段影像：此起彼落的哭聲迴蕩在一座英式的莊園宅邸裡、陣陣山嵐飄過的白色花海、邱灩將她遺棄在大樹下時的哀傷神情、許樂天小時候邊哭邊埋葬她的屍骨……

絨絨這時才意識到自己生前是沒有心智的。一直到許樂天為她掉淚的那一刻，她才好似被啟蒙一般，突然萌生出心智。

接著她又想起，自己的靈力原本是熬不過驚雷珠重塑肉身的過程，是樹人們和許樂天在危急存亡之際，分別輸靈力與獻血給她，她才能支撐過雷劫。但是被雷擊中時，她的神識有那麼一刻是渙散的，卻是許樂天的叫喚凝聚了她的神識。

她不知道他是如何做到的，只知道他一直默默地在幫助她。

思及此，她對他的感激和愛慕又加深了許多。

腦海中的畫面持續播放，絨絨想起麗麗曾形容過位於台北的母校，「……有一條又長又寬的路，兩旁是高高的椰子樹……還有一座小小的湖……春天的時候，整個校園都是怒放的杜鵑花……」

耳邊忽然傳來許樂天的輕聲呼喚：「絨絨？」

她慢慢睜開眼睛，看向他的眼神比以往溫柔許多。

「早餐送來了，要一起吃嗎？」接著他又問，「我……是不是打擾到妳？妳在冥想嗎？有想起什麼嗎？」

「我想起一些線索，可能可以查到麗麗生前的身分，進而找出她的下落。」絨絨問他，「全台灣最好的大學是什麼？」

「台大啊。為什麼這麼問？」

「麗麗是我見過最聰明、最博學的人。如果台大是最好的大學，那麼她一定就是台大的學生。」

「也不一定吧。」

她將麗麗對於母校的描述說給許樂天聽，又問他：「我記得她是森林系的。台大有森林系嗎？」

「如果是森林系的話，的確有很大的可能是台大。」

台北有森林系的大學本就極少，絨絨的描述怎麼聽都像是台大的椰林大道和醉月湖，許樂天決定待會退房後，就直接帶她去台大看看。

絨絨施法變出衣服，與許樂天和羅震坤在房內吃早餐時，羅震坤說：「欸，這個溫泉真的有療效耶，昨晚泡完以後，肩頸真的比較沒那麼痠痛了。下次再來！」

許樂天說：「是喔？我沒什麼感覺。對了，青礦泉又稱為『鐳泉』，而北投石又是由青礦泉長期沖積出來的，所以也有放射性，不知道有沒有什麼特殊效果。」他笑著說，「我們昨晚都碰到它了，不知道會不會因此產生超能力。」

羅震坤說：「你是浩克喔？《漫威》系列電影看太多。我還怕致癌咧。」

絨絨靈光一閃，「會不會是北投石的放射能量使那群礦鬼『異化』啊？」

她向許樂天和羅震坤詳述了昨晚男湯的礦鬼群在攻擊時產生的變化。

這簡直超乎羅震坤的想像，令他難以置信，「哇靠，妳現在是在告訴我，那座鬼澡堂背後可能有個神祕組織，而且還能運用北投石的放射能量來進行不法活動？」

許樂天憂心地說：「如果是的話，那麼那顆北投溫泉博物館的鎮館之寶就不能再落入花子的主人手裡。我們吃完飯以後，趕快回北投捷運站看看吧。」

羅震坤放下筷子的時候，留意到絨絨的影子，「欸，妳怎麼有影子啊？妳什麼時候變成實體了？」

許樂天簡單扼要地將絨絨的現況告訴羅震坤，他得知她現在是半人半妖，立刻衝去廁所拿棉花棒出來，撲向她說：「嘴巴張開！」

絨絨閃開的同時，許樂天也攔住他，「你幹什麼啊？」

「我要取口腔黏膜細胞回去化驗啊。」

許樂天說：「別鬧了行不行？」

羅震坤神情激動地說：「我是認真的耶。」這時他的手機忽然響起，他不耐煩地接起電話，「喂？」

打給他的楊志剛說：「幹，終於接了！我剛才看到你的手機訊號又出現，就馬上打給你。你他媽的這兩天人去了哪裡？你現在到底在哪？」

羅震坤知道自己失聯了一天，夥伴們肯定都很著急，便立刻告訴楊志剛自己所在位置。

楊志剛說：「那正好，我現在去找你。準備上工。」

「怎麼？該不會又有第七起吧？」羅震坤露出無奈的死魚眼。昨天的經歷實在驚心動魄，昨晚又睡得晚，他原本打算翹班，吃完早餐再回去睡回籠覺的。

電話那頭沉默了一會，楊志剛口吻嚴肅地說：「現在的北投已經失控了。」

羅震坤的神情也跟著變得凝重起來。他有一種很不祥的預感，楊志剛平常說話是很不正經的，現在的說話語氣卻像工作時那般嚴肅，那就代表事情真的大條了。

羅震坤一臉沉重地先行離開後，許樂天和絨絨也隨即搭捷運前往北投站。

當他們搭乘的那班捷運抵達北投站時，才早上八點多。

周末的早晨，月台上候車的人還很少，他們通行無阻地奔至模型區，竟發現溫泉浴池裡空空如也。

北投石已經不見了！

許樂天奇道：「在異度空間的時候，要不是妳施法，我和地雷兩個人根本就搬不動。像它這種體積不大的石頭，根本沒辦法多人一起搬。再說，光是那顆北投石就已經超過電扶梯和電梯的限重，站務人員是怎麼把它從月台搬下去的啊？難道是調機具來，從二樓窗戶把它吊走？」

絨絨察覺事情沒那麼簡單，便刻意到詢問處，對站務人員說：「我發現月台上，模型區的溫泉浴池底部被人砸破了。」

從站務人員訝異的反應可以看出，在絨絨告訴他們之前，他們根本不知道模型區曾經有過什麼狀況，自然也不是他們將北投石移走的。

一個站務人員馬上跟著許樂天上月台察看，另一個則留在詢問處調監視器畫面；後者很快就發現監視器設備無法調出之前的影像，便趕緊聯絡廠商處理。

兩人眼看已無須再逗留，便一同搭捷運，準備前往公館站的台大，許樂天慶幸地說：「感覺好像有個好心人幫我們善後了。」

「善後？天底下哪有那麼多好心人。」

「妳懷疑是花子背後的主人？如果是的話，就糟糕了。不知道他會拿北投石去做什麼壞事。」

絨絨點點頭，「不只如此。我總覺得他之所以把監視器弄壞，是為了避免打草驚蛇。」

她直覺想到「大淵獻」，便喃喃地說：「萬物看似覆滅，其實是在潛伏、孕育著重生。到底花子的主人想隱藏的是什麼？潛伏在暗處、正在孕育的又是什麼？」

許樂天感到不寒而慄，總覺得這背後肯定有著大陰謀，而北投石和鬼澡堂似乎只是大局的一環而已。

當捷運停靠台北車站時，許樂天眼尖地瞥見月台上有一個駝背的白髮老人杵著拐杖，站在人群當中。他身上穿的淺土色西裝看起來很破舊，上頭還有好幾個明顯被蟲蛀的洞，偶爾移動的時候還會灑落一點塵土，也不知道是本來西裝就是這個顏色，還是埋在土裡太久。

他緩緩地向路過的人伸手，似乎想向人求助。但是沒有人停下來，也沒有人正眼瞧他。

並不是城市裡的人冷漠，而是因為他，不是人。普通人根本看不到他。

許樂天正想過去，絨絨看出他的意圖，便說：「別理他。找麗麗比較重要。」

老人的神情似乎很慌張、很無助，蒼老低沉的聲音不停地問路人：「能不能幫幫我？你看得到我嗎？我迷路了……」

許樂天心想：要是我的阿公、阿嬤在外地迷路了，我一定也會很希望有人可以幫助他們吧。

他想到自己身上還帶著保平安的護身玉墜，應該不會有什麼危險，還是決定要去幫助老人。

他舉步要下捷運，絨絨突然一把抓住他的手臂，「別去！萬一他是惡鬼怎麼辦？他說不定只是裝可憐、引你過去的。」

「萬一他不是呢？萬一他真的就是需要幫助呢？妳先去台大，就在公館站吧。別擔心，我晚點就去找妳。」說完便輕輕將她的手拉開，趁車門關起前下車。

絨絨看著他走向那個老人，忍不住嘟起嘴，氣惱地想：「哼，不是說好不要分開的嗎？算了，反正我現在靈力充裕，如果他有什麼危險，我再馬上趕去救他。」

捷運出站的同時，許樂天也來到了老人跟前，一邊假裝停下來接電話，一邊問他：「你要去哪裡？」

老人看到了他，眼睛閃過一絲光芒，鬆了一口氣，開心地說：「太好了、太好了。終於有人能幫我了。我趕著去見一個老朋友，能不能帶我去找他？他在台大醫院。但是這個站好大，我走了好久都沒看到往台大醫院的出口。我想我是迷路了。」

許樂天心想其實搭捷運一站就到了。但是萬一老人家出站以後又迷路怎麼辦？還是帶他跑一趟吧。

於是他便說：「台大醫院距離台北車站很近，但是用走的會比較久。我們搭到台大醫院站，再走過去會比較快。」

這時剛才又有一班捷運進站，他對老人說：「走吧，我帶你去。」

老人一邊連連道謝，一邊跟著他上捷運。

許樂天因為家中長輩都年事已高，所以這幾年他常跑台大醫院，對於醫院的地理位置有些基本的了解，知道醫院總共有三棟大樓。在搭捷運前往醫院的路上，他問老人：「你知不知道你的朋友在哪一棟大樓？」

老人搖頭說：「我得距離近一點才能感應到他。對了，這附近有沒有公園？我得吸收一些靈氣。最好是大一點的公園。」

許樂天知道神鬼或是精怪一類的能力都不同，也都不是他所能想像得到的，所以並沒有感到詭異，想都不想就回：「有啊，二二八公園，在台北市應該算大了吧。它就在醫院旁邊，出站就到了。」

捷運轉眼就抵達台大醫院站，許樂天和老人一前一後下了捷運。

經過幾個以「手」為主題的大型雕塑時，許樂天發現老人的速度異常地慢，慢到令他匪夷所思的地步。就他過去的經驗，妖鬼移動的速度都是非常非常快的。

他放慢腳步等老人的同時，不止一次看見他來不及閃避迎面走向他的人。駝背的他不停向穿過他的人鞠躬道歉：「對不起、對不起……」

許樂天心生同情，也有些好奇他到底有多老，怎麼可以老到連靈魂都這麼虛弱？

老人終於追上許樂天，注意到他的視線，對他露出一個憨笑，問道：「為什麼一直看我？我這身西裝好看嗎？好久好久以前做的。」

許樂天看著他頭上那頂復古紳士帽，帽簷已經好幾處開裂，又看到他腳上的黑皮鞋也是開口笑，忍不住問：「你沒有別的衣服了嗎？」

老人睜大雙眼，很訝異地說：「怎麼？這套不好嗎？這是我唯一一套西裝。我覺得它很好啊。」

許樂天不知道該說什麼，只能回以一個尷尬又不失禮貌的微笑。

老人催促：「快走吧、快走吧。我怕來不及了。」

許樂天原先以為老人的朋友是在醫院東址，也就是新大樓的急診。但是當他知道老人的朋友已經住院好幾天後，就不是那麼肯定了。

到了二二八公園內，老人飄到草地上，選了一個小角落，便閉上雙眼，一動也不動。

許樂天感受到一陣陣強風吹來，不確定這是否是因為老人的關係。

不到半分鐘的時間，風就停了。或許是因為老人吸收了大自然的靈氣，看來明顯沒那麼虛弱了。

老人挺直了腰桿，睜開眼睛，中氣十足地對許樂天說：「我找到他了。」他指向馬路對面的醫院西址，也就是俗稱的舊大樓，「就在那棟的二樓。」

他們往舊大樓走時，老人告訴許樂天，他的朋友叫作劉忠青，今年已經八十歲。以前是位巡山員，雖然十幾年前就已經退休，但還是很常來山裡巡邏，察看有沒有山老鼠盜伐林木。

「八十歲了，還上山巡邏？」許樂天驚奇，「那不是很危險嗎？」

「是啊、是啊。唉，就在兩個禮拜前，老劉撞見了一夥山老鼠。對方有三個人，手上又有刀鋸，而老劉身上只有一把柴刀和一罐辣椒水……」

「那怎麼辦？快跑啊！」許樂天急道。他知道自己這麼一開口，就成了路人眼中一個自言自語的怪人，但他就是忍不住。

「唉唉，那夥人真是瘋了，當下竟然想殺死老劉。好在我們的一個熊孩子及時趕到，把他們嚇跑，這才救了老劉。」

「所以他沒事？那他怎麼會住院？」

「他被那夥人嚇到摔倒了，回去以後就沒再來了。我們很擔心他，到處打聽才知道他住院了。」

「摔倒對老人家來說很危險的。」

「是啊、是啊，唉。」

他們進到了本身就是古蹟的醫院舊大樓後，換老人帶著許樂天左彎右拐，走到劉忠青所在的病房。

「老劉，我來看你啦。」老人脫下帽子，對進門後的第一床的病人喊著。

許樂天有那麼一刻擔心劉忠青看不到老人，但顯然他的擔心是多餘的。

病床上的老先生抬眼看到老人時，立即彈坐起來，喜悅之情，溢於言表。他朝老友伸出雙手說：「你來了！這裡距離你那這麼遠，你是怎麼來的？你怎麼知道我在這？來來來，快坐下。」

老人將方才對許樂天說的那番話複述給劉忠青聽，過程中，劉忠青也請許樂天坐在一旁的陪病床上歇腳。

劉忠青聽完老人的話後，才指著許樂天問：「他是？」

老人回答：「我剛才在路上迷了路，是他帶我來的。」他又轉頭對許樂天說，「孩子，快叫劉爺爺。」

「喔，劉爺爺，你好。」許樂天對他點頭示意。

「好好好。辛苦你了。」劉爺爺對許樂天笑道。

「喔對了，你也得叫我爺爺。」老人說。

「喔。你姓什麼啊？」許樂天問他。

老人和劉爺爺聽了頓時哈哈大笑，後者笑得激動，眼淚都在眼眶裡打轉，他用台語說：「小孩子就是不懂事。他是山神啊！你得叫他山神爺爺。」

「山神！」許樂天錯愕地心想，山神好歹也是一方之神，應該要很威風凜凜的樣子啊，怎麼會看起來這麼落魄？

山神爺爺沒注意到許樂天的驚愕，開始與劉爺爺話家常：「最近山裡來了很多新夥伴，有隻熊孩子居然還有名字！人們叫牠『布妮』。」

「是嗎？等牠長大了，你得好好幫牠物色對象啊。」

「呵呵呵……」山神爺爺邊點頭邊笑，「希望等牠長大的時候，山裡能有更多熊孩子，否則牠恐怕沒得挑囉。對了，金針花都開了，一望無際、黃澄澄的，很美啊。」

劉爺爺閉上眼睛，滿是皺紋的嘴角緩緩勾起，似乎在想像花田的樣子。接著他忽然皺起眉頭，睜開眼說：「唉，可惜我再也看不到了。我太老啦，走不動了。」

山神爺爺回以一個苦笑，拍拍劉爺爺的手說：「我也快要走不動了。你倒是比我有福，至少你的靈魂還是那麼年輕、充滿光彩，不像我……唉……這一百年來，盜伐、盜採砂石越來越頻繁，我也越來越虛弱，再也沒辦法阻擋山崩、土石流和洪水了……也許我很快就會魂飛魄散吧……」

劉爺爺低下頭，重重嘆了一口氣，「大自然從沒讓我們失望，是我們讓大自然失望了。」

「喔不，你從來沒讓我們失望。」山神爺爺握住他的手，「謝謝你用一輩子守護我們。」

劉爺爺抿嘴，輕輕搖頭。

山神爺爺又說：「樹孩子們都很想你。」

「我也是，我也很想你們。」劉爺爺慢慢躺了下來，閉上雙眼，聲音變得很微弱，「但願下輩子我還能再回到山裡。」

山神爺爺微笑著說：「那該有多好。」

劉爺爺露出一抹淡笑，不再說話了。

許樂天以為劉爺爺累了、需要休息，然而床邊的心電圖機忽然發出響亮的「嗶嗶嗶」聲，螢幕上的心電圖變成了一直線，而劉爺爺的靈魂也慢慢飄了起來。

直到這一刻，許樂天才意識到，山神爺爺是特地來送劉爺爺最後一程的。

很快地，一道白光閃了一下，在許樂天反射性閉上雙眼之前，彷彿看到兩個人影突然出現，對床上的劉爺爺伸出手。待他再張開眼睛時，劉爺爺的靈魂和另外兩道人影都已經不見了。

護理師衝了進來，她似乎早就知道劉爺爺即將離去，表現得很淡定。她輕喚了劉爺爺幾聲後，便將心電圖關機，房內再次恢復安靜。

許樂天正想問護理師怎麼不幫劉爺爺急救的時候，她先開口問許樂天：「你是病患家屬嗎？」

情急之下，許樂天只好瞎說：「不是，我是劉爺爺的老朋友的孫子。因為我爺爺行動不便，所以我代他來探望劉爺爺。」

由於許樂天看起來很真誠，雙目又泛紅帶淚，護理師並沒有為難他，反而馬上就相信他說的話。畢竟疫情期間，誰會沒事跑來探病呢？

她點點頭說：「原來如此。他走得很安詳，你爺爺可以放心了。」接著又說，「我看你很難過，你們兩人也熟識很久了嗎？」

許樂天趕緊順著她的話說：「對啊，他從小看著我長大。」

「唉。」護理師面帶憂傷，感慨地說，「他上禮拜剛住院的時候，情況就已經不太樂觀了。當時他的家屬馬上就趕來醫院，還簽了放棄急救書。但是接下來幾天，我們都沒再看到他家人，電話也都聯絡不上。幸好有你，他才不至於一個人孤伶伶地離開。」

一個為森林奉獻一生的巡山員，走到生命的盡頭時，卻無家人來送終，差點孤孤單單地辭世。

想到人生無常，許樂天不禁唏噓地嘆了口氣。

許樂天與山神離開醫院的時候，山神忽然對他說：「孩子啊，雖然我們相處不到一個小時，但我看得出來你是一個很善良的人。」

「你又知道囉？」

山神微笑道：「善念只需要善良，但做善事就不一樣了。尤其是見義勇為，是需要很大的勇氣的。你知道剛才在車站裡，你不是唯一一個看得到我的人嗎？」

「什麼？難道也有其他人看得到你？」

山神點點頭，「在遇到你之前，我在那個站裡繞了快一個小時。身邊經過的人啊，能看到我的沒有五個也有三個，但是沒有一個上前幫助我，都沒有。為了感謝你的幫助，我決定送你一樣東西，也許，它接下來能夠救你一命。」

接著，他彷彿看出許樂天長久以來的自卑與煩惱，又鼓勵他說：「不要妄自菲薄，即使是凡人，也可以展現非凡的力量，正如老劉用他的一生守護了山上數萬生靈，這可是許多神仙無法做到的事。你要知道，人之所以平凡不是因為身而為人，而是還沒發覺這裡的可貴。」他用枴杖頭輕點許樂天的胸口，「畢竟，人都是未覺醒的——」

他話說到一半，四周忽然狂風大作，風中沙塵逼得許樂天不得不閉眼。

這陣風來得快、去得也快，不到五秒鐘的時間，風就停歇了。當他再睜開眼時，山神已經不在眼前。

捷運站出口外，只剩下他一個人忐忑地想著：人都是未覺醒的什麼？

感覺似乎接下來會有不太好的事發生。不知道絨絨那邊怎麼樣了？

第九章 藍火

第十章 山神與巡山員

第十一章 蛇郎君

第十二章 亡靈列車

第十三章 冰山一角

絨絨抵達捷運公館站時才早上九點，又適逢中秋連假的周末，路上行人少之又少。她一連問了幾個路人都不知道台大森林系在哪裡，只能告訴她台大的校門所在。

一進校門，她就看到麗麗說的椰林大道，心中頓時振奮不少。然而，放眼望去，校內一個人也沒有。她繼續往前走，直到走到磚紅的傅鐘（註1）前，才終於看到一個學生。

絨絨急忙上前去問，那女學生說：「我也不知道森林系在哪，不過過了傅鐘就是農學院，妳再問別人吧。」

她好不容易才遇到一個學生，便抱著姑且一試的心態問她：「妳認識森林系的麗麗嗎？」

「麗麗？」那個女學生一臉茫然，「幾年級的？全名是什麼？」

「我不知道。我只知道她是森林系的。」

「那我真幫不了妳了。」

那女生才離開，絨絨背後便傳來另一個人的聲音：「妳找森林系的麗麗？」有妖氣。

絨絨眼神轉為凌厲，轉身的同時也往後大跳一步。雖然處於戒備狀態，但她已經不會

註1：台大的校鐘，用以紀念校長傅斯年。既是台大的象徵之一，也是學術自由的象徵。

再彈出利爪、狐狸耳朵和尾巴了。

對她說話的是一個相貌大約三十出頭，身穿白襯衫、黑色西裝褲和絳紅色皮鞋的男人。他一手提公事包，一手拿著一把金柄黑色直傘。

在他開口對絨絨說話之前，聽力敏銳的她完全沒聽到任何腳步聲，是以她對他更加防備。

她上下打量他一會，這人的皮膚與許樂天一樣偏白，一頭黑髮下頂著金色方框眼鏡，流露出一股書卷氣。但不同於許樂天那種五官舒展、俊朗的面容，這人的臉型偏窄、眉眼狹長，顯得較具攻擊性，看起來聰明絕頂。他的瞳色在陽光下是紅銅色，眼神卻不帶一絲炙熱或危險，而是冰冷淡漠。

最重要的是：他與她一樣，都是半人半妖！而且靈力還在夜鷺精之上，是第五階「破霞階」，渾身散發著夕陽彩霞般的橙橘光暈。他的妖氣隱藏得很好，距離不夠近，根本察覺不到。

不過她並不感到害怕，因為他是蛇妖，只能修土術。而五行術當中，水、火、金術被視為是著重攻擊力的術法，木、土術則偏向防禦與休養，因此她知道即便他靈力在她之上，對戰起來她也未必會輸。

對方明顯也看出她是半人半妖，事實上，他正是被她的妖氣引來。

他問她：「白狐狸……妳是東青丘的？」

「是又怎麼樣，不是又怎麼樣？」絨絨又問，「你認識森林系的麗麗？」

「為什麼問這個？妳在找人？妳是台大的學生？」

「你先說你是誰。看你的打扮也不太像學生，比較像是上班族。」

「我是森林系的教授。」

「那是什麼？」

「就是老師的意思。妳在找的人，我也許會認識，但要知道全名才能確認。」

絨絨有些苦惱，「可是我只知道她叫麗麗，美麗的麗。」她話鋒一轉，反問他，「你在這裡很久了嗎？我看你很年輕，應該不認識她。她二十四年前是大二的學生。你那個時候恐怕還是個小孩，不，應該說是隻小蛇？」

沒想到男人淡漠的眼神突然閃動起光彩，瞳色變得更明亮，他激動地一把抓住絨絨說：「妳是說『毛麗麗』？二十四年前，森林系的大二學生中，只有她的名字裡有『麗』字！」

絨絨看著手臂上的手，暗暗吃驚。他的動作就像是猛蛇瞬間發動攻擊一樣，快到她完全來不及反應。

「妳跟她是什麼關係？為什麼她失蹤這麼多年，妳到現在才來找她？」

「失蹤這麼多年？她在二十四年前就失蹤了？也對……」

「這麼說是什麼意思？妳到底跟她是什麼關係？她的家人朋友我全都找過，別想騙我。」

絨絨有些錯愕，他反應這麼大幹嘛？聽他這麼說，他也認識麗麗，而且也找過她？她甩開他的手，「麗麗是我的主人。她在二十四年前就死了，我是她帶大的。但是最近她又失蹤了。你呢？」

男人如遭雷擊般睜大雙眼、倒抽了一口氣，驚叫：「死了？妳說她死了？不，我不信。妳騙我！」

「我騙你幹嘛？我根本不認識你。」從他的反應看來，麗麗對他來說極為重要，因此絨絨更加好奇了，「你跟她又是什麼關係？」

男人苦笑一聲，嘆了一口氣，「說來話長。對她來說，我只是她的老師。只不過二十四年前，我是以另一個身分在學校教書。」男人又說，「我們兩個說的應該是同一個麗麗，但我不相信她已經死了。無論如何，這裡不是說話的地方，我們到溫室再說。」

溫室就在農學院區，距離傅鐘很近。兩人徒步進入綠意盎然、以玻璃搭建的溫室裡，那男人打開公事包，從名片匣裡抽出一張名片給絨絨，自我介紹：「我現在的名字是『傅薇』。」

「你的姓氏和傅鐘一樣，你和那座鐘有關係嗎？」

「沒有。我的本尊是『金絲蛇』（註2），俗名叫『台北腹鏈蛇』。我只是取『腹鏈』兩字的諧音當姓名而已。」他頓了一下又說，「我很幸運，在她大一入學的時候，就找到了她。」

絨絨疑惑地問：「你的意思是，你早在她大學前就認識她，而且是為了她才混進台大教書的？」

傅薉沒有直接回答，只是從皮夾裡抽出一張照片，深吸了一口氣，遞給絨絨，「妳先告訴我，妳認識的麗麗，是不是她？」

那是一張學生合照。但傅薉將相片上大多數的學生都裁掉，只留中央的麗麗和前後左右各一人。

絨絨看一眼就認出來了。從小到大，她眼中的麗麗都跟照片裡的一樣，永遠那麼年輕，永遠散發文靜溫婉的氣質，笑容也是永遠那麼含蓄而溫柔。

「對。是她。」絨絨摸摸照片，開心地對照片上的人影說，「我找到妳了。」

註2：金絲蛇是台灣特有種，台灣四大美蛇之一。俗名「台北游蛇」、「台北腹鏈蛇」，主要分布台北丘陵地帶。無毒，性情溫和。

相較於絨絨的雀躍，傅薇只覺傷心欲絕。她一抬頭，正好看見他抬起眼鏡、迅速抹淚。他的動作很快，但她還是看到了。

他哭了。

她有點緊張地環顧四周，心想還好許樂天不在，要是他以為是我把傅薇弄哭的，肯定會生我的氣。

她小心翼翼地輕戳他的手臂，問他：「你能告訴我，你和麗麗到底是什麼時候認識的嗎？」

傅薇眼神黯然，幽幽地告訴她：「三百年前，我是一隻修行小有所成的蛇妖。我想幻化成人，在修行時卻遇到瓶頸，便決定去找人『討口封』（註3）。」

那時，蛇妖在林子裡遇到一群人，便仰起身、張嘴對他們說：「你們看我像不像人？」

此時一位美麗的部落公主忽然抓住牠。牠嚇了一跳，張嘴就咬了她一口。公主吃痛，將牠扔在地上，公主身旁的勇士們馬上朝牠彎弓。正當牠即將被射殺時，公主即時出聲制止了他們。

公主非但沒生蛇的氣，反而安撫牠、要牠別害怕。她改為用樹枝將牠挑起，輕放到一旁的灌木叢裡。

牠這才意識到公主只是怕牠被人踩到，想將牠移到安全一點的位置罷了。

牠從此對善良美麗的公主念念不忘，並記下了公主的氣息。

公主與勇士們離去時，還不忘回答牠：「漂亮的孩子，以後小心一點喔。」

正因公主這句話，蛇妖才得以從妖道的第一階「洞燭」升到第二階「湧泉」，成功幻化成「蛇郎君」（註4）。

成了人形的他，在一番苦尋後終於找到了她，兩人墜入愛河。儘管兩人相愛，但所有人都不同意他們的婚事，公主也因蛇郎君被部落的人排擠、欺凌，最終抑鬱而亡。

此後，他四處尋找轉世的她。在尋找的過程中，一番境遇不僅使他的靈力和修為都提升至第五階「破霞」，更讓他成功尋得第二世的她。

註3：古代傳說中，精怪修煉到一定程度後，若遇瓶頸而無法自行突破，便需要經「人」口頭承認，才能幻化成人形。成功後，精怪需向此人報恩；若失敗，輕則修行全散，需重頭再來；重則魂飛魄散。鄉野奇談中，最常「討口封」的便是黃鼠狼。

註4：蛇郎君是台灣家喻戶曉的民間傳說，版本眾多。漢族的版本中，蛇郎君的形象大多是能幻化成俊帥人形，且富有、愛妻。原住民族的版本則強調蛇郎君的神力與神靈崇高的地位，如魯凱族的《巴冷公主》、排灣族的《摩阿凱凱》。

然而這一世，他不敢再追求她，選擇默默在暗處守護她。妖的身分一直是他的遺憾和心結，於是他下定決心要轉生成人，如此他才能以人的身分正大光明地追求她、與她長相廝守。

也許是兩人緣分匪淺，他總能找到每一世的她。到了麗麗這一世，也就是二十五年前，他不只打聽到轉生法寶的存在，還打聽到麗麗考上了台大，所以先附身在一個名叫「黃涵」的森林系老師身上，進到台大教書。

然而，他都還沒來得及鼓起勇氣追求麗麗，她就忽然失蹤了。

說到這，傅葳崩潰地癱坐在走道上說：「我找了她三百年！一世又一世！到了這一世，好不容易再次找到她，她卻在第二年突然失蹤。我到處找她，卻始終沒有她的下落。」

絾絾不解，「既然如此，為什麼你不是懷疑她有可能已經死了？」

「我一世一世地找麗麗，找到跟鬼差都變熟了。如果他們有勾到麗麗的魂，一定會告訴我。為此我一直以為麗麗沒死，一直抱著『她總有一天會回來』的希望。我知道附身在人身上是不對的，也不是長久之計。所以她失蹤後，我就離開台大、去找驚雷珠。找到後，我用驚雷珠變成了現在的半人半妖。」

「等等。」絾絾打斷他，「你也用過驚雷珠？但不是只有死亡三十年內才能使用嗎？你都死了好幾百年了。」

「不，我沒死。因為一些機緣巧合，我是在活的時候修煉成妖，所以生命可以一直延續，也可以使用驚雷珠完成轉生的第一階段。」傅薮繼續說，「為了回到台大繼續等麗麗，我頂替一位在林場裡意外死亡的人的教授資格，以幻術改變所有人對那個人的印象，用『傅薮』的身分進來教書。」

絨絨見他如此癡情，又如此費盡心機，忍不住說：「你笨死了，怎麼不施追魂術呢？」

仙、人、鬼和妖的修道脈絡不同，能修習的術法也不同，分別稱為：仙術、道術、鬼術和妖術，四者不一定能相通。且妖、鬼皆無法像仙家或凡人一樣能系統性地修習，所學之術大多來自口耳相傳或機緣，本家之術尚且學不全，更何況是他家的。

所以傅薮奇道：「追魂術不是鬼術嗎？妳會？」

絨絨有些得意，「那當然。我阿嬤教我的。」

傅薮忙問：「那妳怎麼還會找不到麗麗？妳沒對麗麗施追魂術？」

絨絨心虛地說：「沒有……我以為她會一直在辛亥深山裡的老窩等我的。唉，就是因為麗麗去世後失去了很多生前記憶，所以我幾乎對她生前的事一無所知，才會找她找得那麼辛苦。」說到這，她反問他，「你那麼喜歡麗麗，你知道她生前常去哪裡嗎？我也可以去那些地方找找。」

傅蘞搖頭，「她生前常去的地方，我都找過無數次了。但我猜她應該是去山上採集植物的時候失蹤的。因為她的同學在她失蹤前曾聽她提及過，她想去採『蓪草』(註5)。但我去了好幾個蓪草產地，都沒找到任何與她有關的線索。」

絨絨想起麗麗失蹤前，與她一起瀏覽藏經環第二層的書庫群書時，也曾一邊翻看草藥典籍，一邊說要助她提升靈力。

根據典籍紀載，只有北投生長的蓪草才具有提升靈力的功效。

這麼一想，似乎麗麗生前失蹤與死亡，都與北投有著千絲萬縷的關係。

她將這些告訴傅蘞，他疑惑地說：「我也去北投找過，但是並沒有在北投找到蓪草。可能典籍的資料太久沒更新了。」接著他神色凝重地說，「鬼差沒有勾到麗麗的魂，代表她的三魂七魄都還在人間。就算她真的死了，我也要找到她的魂魄。」

絨絨若有所思地說：「她可能被藏了起來。」

「妳說什麼？」

「我之前一直在找她，昨晚突然在北投撞見她，她的反應卻很奇怪。」

她說到一半，心臟彷彿忽然被揪緊般難受，暗道不好，許樂天有危險了！

註5：蓪草是台灣特有種，又名「通草」、「木通樹」和「通脫木」。除了當繪畫圖紙以外，也可做為中藥使用。

第十章 山神與巡山員

第十一章 蛇郎君

第十二章 亡靈列車

第十三章 冰山一角

第十四章 三千煩惱絲

山神消失後，許樂天惴惴不安地回到台大醫院站，打算搭捷運到公館站找絨絨。

下到月台等車時，他抬頭看了一眼天花板的ＬＥＤ顯示器，捷運還要再三分鐘才會來。他正想打一下寶可夢，突然隧道口吹來一陣風，接著聽到低沉的隆隆聲，似乎已有車要進站。

感到奇怪的他，墊腳朝月台門後看，隧道深處果然出現車頭燈光。他正想著不是還要再三分鐘嗎？有車進站，月台門的紅色警示燈怎麼沒閃？

夾帶車聲的風流越來越大，突然間，許樂天發現排在他前面的人們同時停下動作。他詫異地環顧一圈，發現整個月台宛如被人按下定格鍵一般，周遭的人全都靜止不動，就連被風吹起的紙屑也懸在空中。

「為什麼只有我可以動？難道又是因為芒種？」

隧道裡突然傳出火車汽笛般的刺耳鳴笛聲，緊接著濃霧瞬間從隧道湧出，眨眼間整個捷運站裡都變成霧濛濛的一片。月台門後的軌道霧更濃，兩端五公尺以外都看不見。

許樂天想起上個月鬼門開的時候，深夜的大湖公園也是如此。不祥的預感再次浮現。濃霧彷彿會吞噬光線，四周慢慢暗了下來。這時一道光亮從隧道裡射來，黑色車頭破霧而出，一節節黑色車廂緩緩進站。

這列捷運很奇特，車廂與其他淡水線的捷運僅有顏色不同，但第一節卻像古老的火車一樣是蒸汽車頭。

許樂天一瞬間想通了：這列就是上次在大湖公園站時，水鬼們在月台上等著去地府的「亡靈列車」！鳴笛聲是通知遊魂們列車到站，而霧氣或許能減弱捷運沿線各站辟邪陣的威力，方便遊魂們進站搭車。

黑色列車停止時，他正前方的車門內恰恰是一抹熟悉但意想不到的身影。

他睜大眼睛叫道：「麗麗？」

此時車門和月台門都尚未開啟，車內的女人卻彷彿聽到了他的聲音，原本神情黯然的她突然轉頭看他。她先是一臉疑惑，接著視線落在他周圍，神情轉為著急，拍著車窗對他說話。

「什麼？」許樂天問。

她又重複了一次，指著他周圍。

「什麼？快跑？」此時，他才意識到眼角餘光多了很多人影。

他左右張望後才發現，整條候車線都站滿了鬼，所有他能想像到的死相都出現了，而且他們都同時轉頭看著他，露出的神情不是見獵心喜就是虎視眈眈。

一個念頭閃過他腦海：這是台大醫院站，是不是有很多亡魂在這裡上車？

他害怕地轉身就想跑，卻被身後的紅衣女鬼一把抓住右手腕。

她看起來被人砍了好幾刀，滿臉皮開肉綻、鮮血直流，十分駭人。女鬼雙眼布滿血絲，激動叫道：「男的也好！」

許樂天發現他們的手好像黏在一起，怎麼甩都甩不掉，驚慌地說：「放開！抓我做什麼？」

他覺得自己瞬間成了百貨公司周年慶的特價衣服，除了紅衣女鬼以外，四面八方的鬼也衝過來抓住他，將他左拉右扯。車門和月台門一開，湧出的亡魂也跑過來瘋狂地爭搶他。他們的手彷彿都有極強的吸力似的，使他完全無法掙脫。

其中一隻衣著破爛的鬼說：「給我！你們知道身為一個孤魂野鬼有多慘嗎？我已經在陽間遊蕩二十年了。」

另一隻神情凶神惡煞的鬼則說：「誰管你啊！他是我的，我才不要下地獄。」

首先抓到他的紅衣女鬼則吼著：「都給我閉嘴！我們八字相符，他才是我的。」

那隻衣著破爛的鬼說：「妳一個女的搶男人肉身幹嘛？」

當紅衣女鬼的長髮掃到許樂天臉龐的瞬間，他崩潰了，歇斯底里地叫道：「放開我！救命啊！」

突然一個女孩的聲音傳來：「陣列前行！」

一陣刺眼金光亮起的瞬間，許樂天感到身上冰冷的手和周圍的寒意都消失，而他因為重心不穩、摔倒在地。

他睜開眼，發現剛才抓著他的亡魂們都被彈飛了，麗麗就站在他身前。似乎是她救了他。

她彎腰向許樂天伸手，「沒事吧？快站起來。」

他雖然已經不再懼怕絨絨的人身外貌，但對於其他女人和女鬼還是很抗拒。他自己用雙手撐地爬起來，並向她道謝。

白茫茫的霧氣之中，周圍的鬼影再次向他飛撲而來。

「啊──我真是受夠濃霧了！」

就在這個時候，兩道人影從天花板上掉下來，雙雙落在他們旁邊。許樂天一看，竟是絨絨和一個長相俊秀的男人。

男人手一甩立傘，傘身就變成一枝黑金相間、六角麟紋遍布的華美長杖。絨絨才變出火鞭，男人已朝地一擊，頓時不只地面，整個空間皆劇烈震動，月台上的鬼魂都隨之摔倒，而活人則神奇地絲毫不受影響。

「一群雜魚，滾。」男人的語調和眼神一樣冰冷不屑。

同樣也被震得倒地的絨絨暗暗心驚：是我小看傅葳了。看來傳聞不可信，土術也可以很強大。不知道這傢伙還會什麼招數。要是我也修煉到「破霞階」，火術的威力一定不在他之下。

亡魂們的眼神在男人和許樂天之間游移，神情有驚恐、有扼腕，又有忿恨，但不論是哪種，他們都自知不敵，只得四散逃逸。

「麗麗！妳怎麼在這？」絨絨一看見自己苦尋多日的麗麗就在眼前，開心不已，正要伸臂抱住麗麗，麗麗已先一步瞬移到傅薇跟前。

撲空的絨絨正納悶，就被許樂天一把拉起、攬進懷裡。

「妳沒事吧？」

「沒有。」她才看他一眼，他就心有靈犀地說，「我也沒事。麗麗剛才救了我。」

而傅薇一面對麗麗，眼神馬上放柔許多。他的神情變得戰戰兢兢，甚至有些膽怯。他問麗麗：「還記得我嗎？我是黃涵，森林系的老師。」

麗麗揚眉，眨了眨眼才說：「原來！我剛才看到你的傘就覺得很眼熟。還有你的表情和說話語氣也很熟悉。不過……雖然我的記憶沒有全回來，但我總覺得黃涵老師不是長這樣……」她說到一半忽然恍然大悟，「你是蛇妖？之前附在黃涵老師身上，現在是附在這個男人身上？你這樣是不對的。」

她雖語帶譴責，但音調還是很溫柔。

一旁的絨絨聽了一則以喜，一則以憂；喜的是這才是她認識的麗麗，憂的是麗麗昨夜的行蹤和見到她的態度。

為什麼麗麗先前會出現在北投浴場？為什麼只隔幾個小時，她現在的態度和昨晚差這麼多？離開辛亥山區以後，到底發生了什麼事？

傅薟對麗麗解釋：「這才是我的真身。我現在和她一樣，是半人半妖。」他指著絨絨。

麗麗這時才終於轉頭看絨絨。絨絨立刻上前抱住麗麗說：「妳怎麼只跟他說話，都不理我？」接著又有些吃醋地瞪傅薟一眼，「他有我重要嗎？」

麗麗苦笑不得地拍拍絨絨的背，跟她說：「當然是妳比較重要。」

絨絨聽了又喜又得意，仰頭看向傅薟，卻見他垂下眼神、表情黯然。她想起傅薟苦尋麗麗三百年，不由得心生同情。

許樂天問麗麗：「妳怎麼會在亡靈列車上？我們昨天——」

絨絨也有許多問題想問她，便打岔：「妳這陣子跑哪去了？為什麼我昨天在北投看到妳，妳不僅像是不認識我，還躲著我？妳怎麼自己跑下山了？」

她說到一半，後領就被傅薟抓住，整個人被往後拉開。

傅薟對絨絨冷冷地說：「我們話還沒說話，妳別插嘴。」接著又溫言問麗麗，「妳這二十四年來在哪？為什麼一夕之間就失蹤了？」

麗麗深深嘆了一口氣，清麗的面容滿是憂愁，幽幽地說：「說來話長。」

要不是絨絨現在是人身，肯定會被傅薂的舉動氣到尾巴炸毛。她正要發作，就被麗麗拉住手、輕聲制止：「小狐狸，不可以。」

絨絨握緊雙拳，胸口有怒氣卻無處宣洩，竟彈出了狐狸耳朵，但向來聽麗麗話的她還是忍了下來。

儘管周圍的活人仍處於定格狀態，許樂天還是連忙用手掌摀住絨絨的狐狸耳，怕被活人看到，同時安撫她：「別氣、別氣，我們先聽麗麗說。」

軌道上的黑色列車再次響起刺耳鳴笛聲，彷彿快要發車。此時迷霧中仍持續有鬼影湧上月台，但有戰鬥力十足的傅薂坐鎮，再無鬼魂敢來犯，只是紛紛從他們身旁擦肩而過，飄然上車。

麗麗對傅薂和絨絨說：「你們的問題，我可以一起回答。二十幾年前，我獨自去北投採集『蒲草』時，被奪了舍。當時我連對方是誰都還沒看清楚，三魂（註1）中的覺魂就已經被滅。原本對方還想滅掉主魂、只留生魂，但我的主魂乘機逃脫了。」

絨絨一聽，臉色微微一變，直覺告訴她，麗麗生前被奪舍一事與花子有著密切的關

註1：根據道教經典《抱朴子》、《雲笈七籤》所述，人身有三魂七魄，各自屬性與歸處皆不同。

聯。她對許樂天說：「你還記得花子說的話嗎？雖然看似結果都是抽走兩魂，但目的截然不同。」

許樂天已在這段時間與她培養出默契，馬上意會地說：「如果這件事也是花子他們幹的，那麼擄走女人的目的便不是利用她們的兩魂做女招待攬客，而是剛好相反；剔除掉兩魂後，留下一魂，好利用一魂控制七魄，進而控制肉身。妳在浴場時看到的是麗麗的生魂。她的肉身可能被花子他們藏起來了。他們明面上留下兩魂做女招待，其實是為了掩蓋背後真正的目的。」

絨絨說：「這樣一來，麗麗昨晚看見我的反應就說得通了。被洗腦成女招待的是麗麗的『生魂』，而不是後來去到辛亥山區、認識我、帶我修行的『主魂』。生魂不認識我，但我又能叫出她生前的名字，讓她感到忌憚，所以才一直避開我。」

「你們說得沒錯。」麗麗繼續說，「雖然我的主魂逃過一劫，但失去大部分的生前記憶。直到看到藏經環的書庫典籍上的蓪草，我才想起一些生前的畫面，所以想去北投一趟。一方面想幫小狐狸找增進功力的蓪草，一方面也是希望去到北投，可以想起更多生前的事。

「我剛到北投，就看到地熱谷。我記得藏經環裡的書有提到，青磺泉有助於喚起妖鬼記憶。我下水泡了沒多久，果然所有記憶都恢復了。但我還沒來得及離開，就被一個穿和服的小女孩抓進了陣法裡。」

「花子！」絨絨和許樂天異口同聲道。

沒想到麗麗搖頭說：「不是。我聽過一些常見的日文名字。抓我的小女孩名字發音是Sa-Ku-Ra-Ko，應該是中文的『櫻子』。」

接著她憂心忡忡地說：「總之，我感覺浴場裡的鬼好像在密謀著什麼，她將我們的魂和肉身都關在一個黑暗的房間，似乎另有所圖。

「唉，說起來都怪我不好。因為我的關係，櫻子才知道青礦泉能幫助鬼魂恢復生前所有記憶，而這點似乎對於他們的密謀有很大的幫助。她昨晚正想用我的主魂取代生魂時，浴場突然起火。我，也就是你們現在看到的主魂，才有機會和其他鬼魂乘亂逃脫。

「我想一定還有很多人被關在其他地方，就想向神仙求救。但到了廟口才聽門神說，最近神仙都去參加蟠桃大會。我不知道還能找誰求助，就想搭亡靈列車去地府，這樣就有機會向鬼差求救了。」

始終一言不發的傅薟聽出了關鍵，忽問麗麗：「櫻子要妳生前的記憶做什麼？」

麗麗不解地答：「我不知道。」

絨絨想起前不久的大湖凶靈，臉色大變，「她想要徹底奪舍！用妳的記憶頂替妳在人世間的身分，徹底取代妳。」

此時車門和月台門同時關閉，亡靈列車緩緩加速，逐漸駛離月台。

麗麗彷彿感應到什麼，忽然面露驚恐地說：「我的生魂被滅了！」

傅薮瞠目驚道：「什麼！」接著急道，「我必須趕快找到妳的肉身，把妳現在的主魂歸位！妳放心，肉身只要有一魂在，另外兩魂就會隨時間再生。」

就在這個時候，她和其他月台上的遊魂像是被列車強大的吸力吸走一般，猛然往後飛去，穿過月台門、車門，倏地回到車廂裡。

當列車的最後一節車廂出站，霧漸漸散去，月台上的活人再次動了起來。對他們來說，剛才的一切都沒發生。

「麗麗！」絨絨下意識追了過去。

「磅」的一聲，她狠狠撞上月台門，巨大聲響引得路人側目。

「怎麼突然穿不過去啊？」她後退幾步，撞得頭昏眼花。許樂天趕忙衝過去，察看她傷勢。

傅薮鄙夷地說：「真蠢。除非是破霞階以上，否則一旦轉生，法力就會開始減弱。一陣子後，就不再能控制虛實，無法像妖鬼一樣穿牆。」他頓了一下，「看來妳真的不是東青丘的，否則這對妳來說應該是常識。」

絨絨一邊揉額頭，一邊不服氣地說：「誰說的，說不定東青丘的也不知道。」

傅薟冷哼一聲，「妳知道自古以來，天底下的妖族有多少嗎？為什麼只有青丘狐族有仙格？」

絨絨憑直覺猜測：「當然是因為武力強，連神仙都打不過，只好答應給仙格啊。不然呢？」

「錯！邱將軍的武力的確能媲美武仙呂洞賓，但青丘的風氣從來都不尚武，而是崇智、伐謀，所以東青丘狐族的真正支柱是知識最淵博的邱首相。他的實力遠在邱將軍之上。」

「不可能！」

「怎麼不可能。正是因為邱首相學識淵博，才能有超凡的智慧悟道、升階。」傅薟回歸正題，「麗麗的主魂交給我去找，你們還有更重要的事要做。」

許樂天誤解他的意思，「對，我們得想辦法搬救兵，將其他被『綁架』的人給救出來。」

傅薟回應許樂天：「不，其他人我不在乎，但麗麗的肉身必須得找回來。」

「對了，她的肉身！」絨絨想起方才麗麗提及自己生魂被滅一事，「他們為什麼要滅了她的生魂？要是肉身裡沒有魂，不但不能再控制七魄，七魄也會逐漸崩解，那麼想奪舍的鬼也就無法控制肉身了，不是嗎？」

傅薟說：「或許花子或櫻子那群鬼找到了方法，即使沒有原宿主的魂魄，也照樣能控制肉身。」

心思聰穎的絨絨頓時想通事情的因果關係，「原來這就是所謂的『大小深藏屈近陽』！」

許樂天知道她說的是「萬物落於大淵獻，大小深藏屈近陽。」意即，萬物於亥時看似覆滅，其實是在潛伏、孕育重生。而所謂的「孕育重生」，就是花子他們集體奪舍，以他人的肉身重生。

他臉色一沉，眉頭皺起，「如果是這樣的話，北投豈不是要淪陷了。」

絨絨說：「唉，要是我阿公還在，他肯定會說你太天真。光是一個小小的台北城，遊魂就數以萬計。恐怕北投只是一個開始。」

「你們說的那些都不關我的事，我只在乎麗麗。」傅薟對絨絨說，「我帶回她的主魂就去找妳，也許能用驚雷珠讓她復活。」

許樂天奇道：「驚雷珠對鬼也有效嗎？我記得它是『精怪轉生』的法寶。」

傅薟說：「不知道，我只是賭一把而已。希望有用吧。」

絨絨訝然，心道自己真笨，怎麼就沒想到用驚雷珠幫助麗麗呢？麗麗常說讀書可以累積知識、啟蒙智慧，看來是真的。那麼世上最強大的東西，不是武力，而是智慧才對。

傅薌又對絨絨說：「妳得動作快，人的三魂脫離超過十二時辰，就再也回不去肉身了。」

絨絨神情嚴肅地點頭說：「我一定盡全力。」

她教傅薌施追魂術，傅薌的道行遠在她之上，一教便上手。彼此互相下印記後，傅薌連聲再見也沒說便直接消失。

而此時，往北投方向的捷運正在進站中。

絨絨一邊拉著許樂天跑到月台門前，一邊喃喃地說：「不知道花子在哪？她和櫻子應該是一夥的，不知道她們把麗麗的肉身藏在哪。」

月台門和車門一開，兩人一同上了捷運。

許樂天憂心地說：「我們就這麼過去，不好吧？對方可能是龐大的組織，而且妳不是說花子幕後的主人很強，妳打不過？」

「打不過也得打啊。現在除了散仙以外，其他主管級的神仙都已經前往蟠桃大會了。如果是土地公或小宮廟的善鬼，他們的實力還不如我呢。」絨絨繼續說，「至於散仙，他們總是雲遊四海、居無定所，誰知道會在哪。」

「可是……」

「放心吧，我會小心的。至於你，必須先回內湖一趟。我的那群猴精手下現在分別住在碧湖和大湖公園、幫我顧地盤。」

捷運即將抵達台北車站，絨絨知道許樂天要在這站轉車回內湖，便遞給他幾張葉紙人，「你先去碧湖公園，這些葉紙人會帶你找到他們。你再帶他們一起去大湖公園找樹人和其他猴精，叫他們馬上到北投找我。小白菇、小綠芽可以透過其他樹知道我在哪。」

許樂天雖不放心絨絨單獨行動，但冷靜下來想想，若自己跟去，不但幫不上忙，還可能會礙手礙腳，便決定答應絨絨、先去搬救兵。

想再多陪她一會的他說：「好。我在中山站轉車。」

中山站轉瞬即達，許樂天在急促的警示音中下了車，車門和月台門很快又關閉，捷運緩緩發動，繼續往北投前進。

第十三章　冰山一角

週末清晨，新北投捷運站的月台不過寥寥數人。絨絨和許樂天搭乘的捷運剛離開，另一班與他們反方向的捷運便駛進站。

三三兩兩的乘客從不同車廂下車，其中包括了正在講電話的宋白石。她一身深色套裝，又側背著黑色方型托特包，顯得莊重嚴肅，與其他衣著輕便的旅客格格不入。

「……我到站了，在一號出口等你們……」她頓了一下又說，「對，有牌坊的出口，光明路和七星街的路口。」

她掛掉電話，下到一樓大廳後，先走進了女廁。

清晨時分，女廁內只有她一個人。她習慣性走到最後一間隔間。但如廁時，她一直感覺到有一股視線在看她。

她初時以為自己太敏感，因為她進廁所時只有她一個人，後來也沒聽到有人走進來。她如廁完、沖完水後，實在忍不住，便抬頭往上看，赫然驚見一張臉從隔間門板上一閃而過！

她倒抽了一口氣，但又懷疑是自己眼花，因為隔間門板高度超過兩公尺，門外又沒有地方可以墊腳……而且，那是一張小女孩的臉。

她背起托特包，小心翼翼地推開門、左右張望，外面並沒有人。她佯裝若無其事地走到洗手台前洗手，接著一邊假裝整理頭髮，一邊透過鏡子看身後一排的隔間。每間門都沒有扣上。

「嘻嘻。」小女孩的笑聲從她身後傳來，在女廁內迴蕩，聽起來令人全身發毛。

她聽得有些心慌，但鐵齒的她以為是孩子惡作劇，便伸手將她正後方的隔間門推開。

裡面無人。

她一邊環視左右，一邊說：「別鬧了，快出來。」

彷彿是在嘲笑宋白石一般，女廁內再度響起竊笑聲：「嘻嘻。」

宋白石開始有些氣惱，索性將每間門都推開。但一扇又一扇敞開，裡面都沒有人。

輪到最後一間時，她的手在半空中停下，不敢去推。突然有個念頭閃過她腦海，萬一這間裡面也沒有人呢？

直覺告訴她快點離開，她心道算了，還是趕快出去吧，流氓和地雷應該已經到了。

她轉身正要步出女廁時，腳踝突然被什麼東西緊緊抓住！

她差點摔倒，驚呼一聲、穩住重心後，低頭一看，腳上竟被一束黑色長髮綑縛住，而黑髮正是來自旁邊隔間門下的縫隙。

她更加害怕了，正要彎腰扯開那束頭髮時，旁邊的隔間門緩緩地朝內打開了。

她轉頭的瞬間，還來不及呼救，整個人就連人帶包被拖進隔間內。

隔間門緩緩關閉，寂靜無人的女廁地板上，只留下從她的托特包裡掉出來、散落一地的案件卷宗。

矗立在新北投站外的牌坊，不論白天黑夜都很醒目，一輛黑色偵防車（註1）在牌坊前的路口靠邊急煞。

駕駛座的楊志剛朝一號出口瞥了一眼，宋白石還沒出來，便對副駕駛座的羅震坤說：「你前天到底是跑去哪裡？」

羅震坤搔搔眉頭，不知道該從何說起，「跟你說了，你肯定不信。太玄了。」

「玄你祖宗十八代啦，玄！你知不知道我為了找你，這三天只睡了五個小時？原本都已經要正式立案、上報失蹤了，結果剛才你的手機訊號又突然冒出來。」

羅震坤拍拍他的肩膀，「不好意思，辛苦了。」

「你現在就給我從實招來，這幾天人到底在哪、發生了什麼事。不要跟我扯什麼玄不玄，你敢講，我就敢信。」

羅震坤再次搔搔眉頭，「其實具體情況我也不是完全明白，總之我被拉到一個異度空

註1：車身無明顯塗裝警用標識及固定警燈，通常其警燈會裝在車內，或人為再加裝於車頂。

間，困在裡面出不去，最後是我的兩個朋友把我救出去的。我回到這個世界時，手機早就沒電了，但我實在筋疲力盡，直到今天早上才跟飯店借充電器。」說到這，他問楊志剛，「是不是很荒謬？」

楊志剛拿著菸盒輕敲方向盤，「這幾天發生了太多事，我覺得現在已經沒有什麼事是不可能的了。你要有心理準備，接下來等著我們的是一場硬仗。」

「又有其他類似的案件？」

楊志剛苦笑一聲，「你不知道，現在已經天下大亂了。只不過因為事態太過嚴重，上級已經下令對媒體那邊完全封鎖消息。」說完，他彷彿是為了緩解自己的焦慮，抽出一根菸嗅聞。他知道羅震坤對氣味敏感，所以不在他面前抽菸。

羅震坤震驚地問：「很多件？」

「已經破百了。」

「哇靠！不會都是硫化氫中毒吧？會不會是群聚造成的大規模感染？」

「如果是這樣，事情還比較單純，壞就壞在目前死者的篩檢結果都是陰性，而且失蹤人口也在爆增，還有年齡下降的趨勢。」

羅震坤扶額，「完了完了完了，老師一定很想打死我。」

士檢的另一個法醫不但經驗豐富，自羅震坤入行後，更是一路細心教導、提攜他，因此他一直尊稱前輩「老師」。這幾天他失蹤，所有司法相驗、解剖的重擔一定都壓在老師一人身上。

「你想太多了，一個六十幾歲的人，這幾天馬不停蹄地工作，哪還有力氣打你。再說你練得那麼壯，他哪打得過你。我要是他，我就毒死你。只要你在士檢轄區毒發身亡，就一定是我相驗、解剖，天衣無縫。」他話鋒一轉，突然問羅震坤，「你剛才說的那兩個朋友，是許樂天和他女友嗎？」

羅震坤對於他這種老愛「冷不防」、「回馬槍」的提問方式早就習以為常。他沒留意到許樂天和絨絨之間的情意，因此不太確定地說：「女友？他們在一起了嗎？我不知道。反正就是他們兩個沒錯。你怎麼會知道？啊對，你這兩天應該為了找我，聯絡了很多人。」

「廢話。不過我還沒問你阿嬤，怕她老人家擔心。」

羅震坤父母早逝，是他阿嬤帶大的。後來又因家族紛爭、妹妹不幸身亡，至今稱得上「親人」的只剩阿嬤一人。這點八卦王楊志剛是知道的。

「謝啦。」羅震坤對他一笑，「你和白白一定很擔心我吧？對了，她怎麼還沒出來？」他邊說邊往一號出口看。

楊志剛聳肩，用台語答道：「阿災？大概在蹲屎吧。」他打電話給她，但直接進到語音信箱。

羅震坤說：「我進去看看。」

楊志剛開玩笑說：「你小心喔，要是等下衝進女廁、害她便秘，她搞不好會記仇一輩子。」

說是這麼說，但楊志剛還是跟著羅震坤下車。

兩人正要進站時，正好宋白石迎面出站，朝他們走來。

楊志剛沒好氣地對羅震坤說：「就說她在蹲屎吧。」

後面有個女人追上宋白石，「小姐、小姐，請問這張是妳的嗎？我在廁所撿到的。」

宋白石停下腳步，回頭看了一眼，眉頭蹙起，似乎有些遲疑。

楊志剛注意到宋白石神情有異，但沒有多作表示。羅震坤替宋白石接過來看，這是一張用列印機印出的Ａ４地圖。上方用紅筆和藍筆在許多不同的位置上標示數字，而地圖的右上角邊緣還有個大大的問號。

他不過看了地圖一眼，宋白石就有些粗魯地從他手中抽走地圖、胡亂塞進包裡，逕自快步走向楊志剛的車，好像不想讓他看見，又好像不想搭理任何人一樣。

那個女人和楊志剛、羅震坤都愣了一下，尤其羅震坤更是驚訝。宋白石是冰山美人沒錯，但她出生名門，很重視禮儀，怎麼會既沒向女人道謝，舉止還變得這般粗魯，實在太不對勁。

他看向楊志剛時，剛好與他對到眼神，於是笑著說：「她大概是那個來了，你最好小心點。」

羅震坤知道楊志剛那麼會察顏觀色的人，一定也注意到了宋白石的異常，只不過不想打草驚蛇，所以才這樣講。

三人回到車上，宋白石突然說要先去另一個案發地點，並口頭告訴楊志剛，叫他用GPS導航，開車過去。

路上，羅震坤開始回想剛才那張地圖。他記憶力極佳，上頭大約八、九成的細節都還記得。他猜測是宋白石將近期死亡人數和失蹤人數標註在地圖上，試圖藉由地理位置找出關聯性。

而藍色數字的地點、總和皆比紅色數字多，綜合方才楊志剛告訴他的消息，藍色數字應該是失蹤人數、紅色數字則是死亡人數。

不過，兩者之間並非正相關。死亡人數從靠近硫磺谷的郊區至新北投站附近一路遞減，但失蹤人數卻是硫磺谷和新北投站兩地較低，於中間的溫泉博物館一帶較高。

他想起地圖上的問號，是不是白白也懷疑這些數字彼此之間有關，但她也跟我一樣想不通造成關聯的原因？

他正想開口問宋白石地圖一事，楊志剛就搶先問：「妳看到地雷都不驚訝？」

宋白石神情淡然說：「你不是破案王嗎？我相信你的能力。」

羅震坤透過車內後照鏡，看到楊志剛挑了挑眉。儘管他沒再說什麼，但羅震坤有種不好的預感，便用手機Google Maps搜尋目的地，發現它就在地熱谷後方，並不是他那天從林曉大樓徒步往新北投站走的大路，而是一條小路。

他將目的地地址轉傳給許樂天和絨絨。要是真的發生什麼事，多一個人知道他的位置，就多一點希望。

沒一會就到目的地了，羅震坤一下車就聞到濃重的硫磺味。他環顧四周，他們正在一條偏僻荒蕪、幾無人煙的山路上。

宋白石指著眼前一座像廢墟群似的一排日式木造平房，示意案發地點就在裡面。

這是一家已經倒閉多年的溫泉旅社，一排望過去，屋瓦都掉了一半，外牆破爛、窗戶變形，房子結構明顯不穩，風一吹就發出嘎嘎怪聲、搖搖晃晃的，彷彿隨時都會傾圮。

羅震坤心想：靠，這房子都要塌了吧？裡面怎麼還有人啊？

宋白石彷彿看出他的疑問，「這裡是遊民聚集地。」

楊志剛指著周圍問她：「啊怎麼都沒人？管區員警咧？還有鑑識組咧？」

宋白石答道：「他們還在來的路上，我們先進去吧。」

越過雜草叢生的草地，他們魚貫踏進屋內時，不小心驚動在門口築窩的老鼠，好幾隻被嚇得亂竄。羅震坤和楊志剛都同時跳起來，唯獨宋白石沒有任何反應。

就在這個時候，四周忽然一暗，室外變成漆黑一片，然而硫磺味依舊很重。

羅震坤心中起疑，室內也沒有任何光源，光亮又是從何而來？我是不是又進到異空間了？

他下意識拿出手機察看，果然完全沒了訊號。但有一則LINE訊息未讀，是許樂天回他的。他點開來一看，訊息寫著：「萬事小心。他們之前把你引進浴場，可能是為了要奪舍。」

這句話宛如醍醐灌頂，一瞬間腦中所有線索都串在一起。

謎團解開了。

花子群鬼一直都在實驗。

死亡人數大多在郊區，原因是因為地點夠偏僻、人口密度低，下手時比較不會引起動靜。而且實驗目標一開始刻意選擇獨居老人，如此就算失敗，也不會馬上被發現或引起太多關注。

而花子與同夥選擇靠近地熱谷的溫泉博物館為據點、布陣擄人做實驗，如此只需要留活人一魂，並附在其身上、就近泡青磺泉，就能取得活人的所有記憶。

實驗成功率越來越高後，花子他們也越來越貪心。後來因為掌握了某種方法，可以在剔除活人三魂後仍舊控制肉身，達到「完全取代」，便開始進一步「篩選目標」，因此越來越往人口密集區，也就是新北投站移動。

死亡人數和失蹤人數越來越少，很有可能是因為鬼們大多迅速奪舍成功，而且能以新身分生活了。就算現在士檢掌握到的死亡、失蹤案件已經破百，恐怕都還只是實驗的冰山一角而已。

而奪舍失敗的受害者之所以都是硫化氫中毒而亡，第一個可能是那些意圖不軌的鬼本身帶有硫磺氣；二則是鬼利用硫磺氣使受害者昏迷，如此較容易奪舍；三則可能是它們奪舍的方法必須用到硫磺。更精確的說，是青磺泉積累出的北投石。

至於目標的篩選條件，可以是更年輕、家境更富裕，又或者是……

羅震坤想起楊志剛稍早說過的話：法醫犯下謀殺後如果還是他親自相驗、解剖，那麼便天衣無縫了。

又或者是……職業？例如，負責偵辦北投案件的——我們三個？

想到這，他不禁心中暗罵天兵怎麼不早點傳訊！都已經羊入虎口了，真的是天兵！

站在羅震坤旁邊的楊志剛突然感覺背被人猛力撞了一下，差點跌倒。他咒罵一聲，回頭一看，什麼都沒有。

羅震坤卻指著楊志剛後方，驚呼：「小心！有鬼！」

那竟是一個前額剃光、留著長辮，身穿清朝古裝，顴骨特別突出的男鬼。它似乎也因自己被反彈出來而愣住了。

楊志剛沒再轉身，反而掏槍對準宋白石，喝問：「妳到底是誰？」

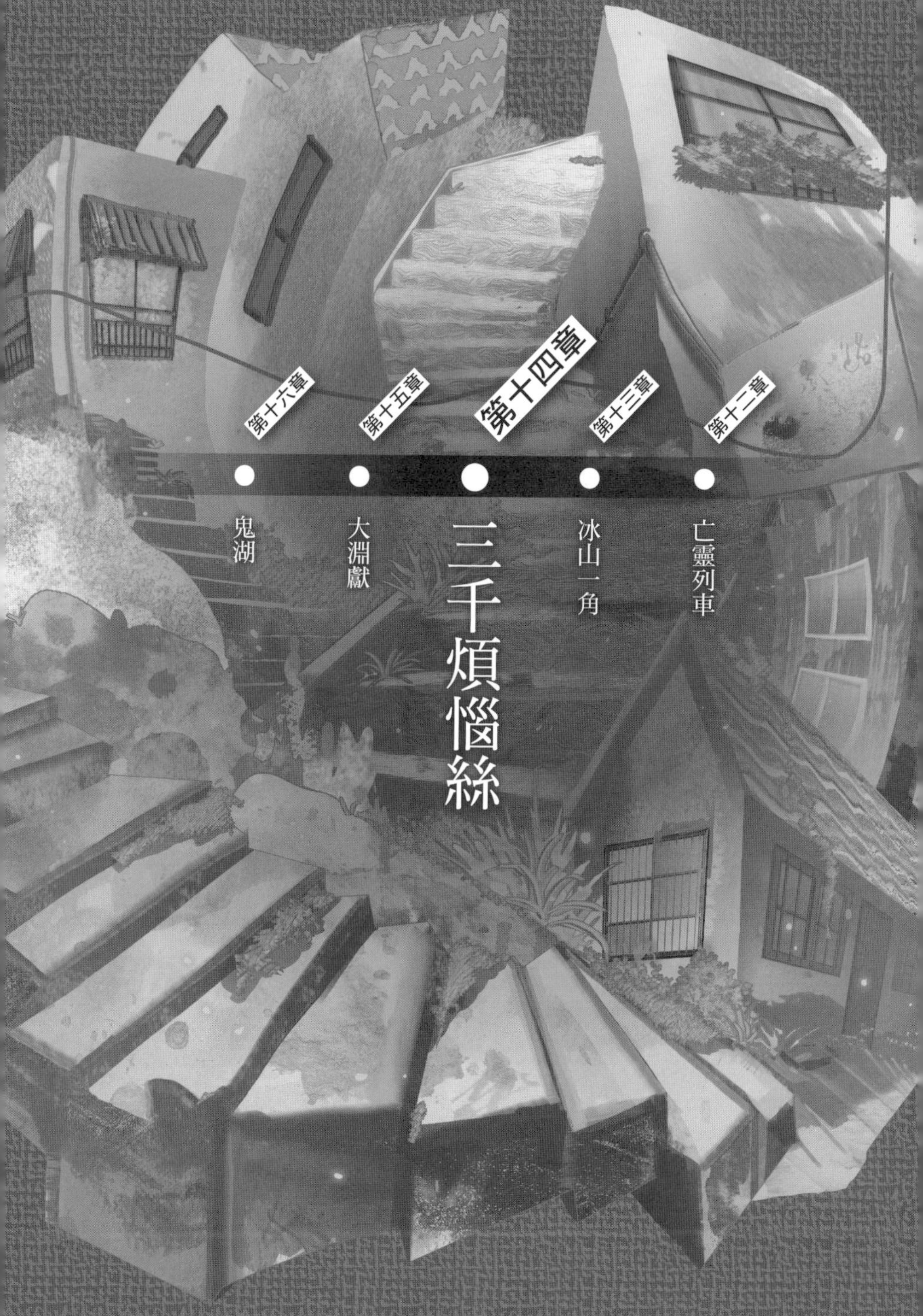

第十二章 亡靈列車

第十三章 冰山一角

第十四章 三千煩惱絲

第十五章 大淵獻

第十六章 鬼湖

絨絨從北投站月台搭上往新北投站的捷運時，手機突然響了幾聲。她一看發現快沒電了，同時還有一則未讀的LINE訊息。正是羅震坤擔心自己又出事，所以將前往辦案的地址連結傳給她。從Google Maps來看，位置就在溫泉博物館附近，地熱谷的後方山路上。

她正愁不知該從哪裡找起麗麗的肉身，羅震坤就傳來了線索。若花子又打算出手動羅震坤，逮到花子不僅有機會問出麗麗肉身的下落，還能順便救出羅震坤、向許樂天邀功。她的算盤打得正樂，忽然覺得哪裡怪怪的，似乎少了些人氣。她朝前、後車廂張望才發現，捷運上似乎只有她一人，其他車廂都是空的。也就是說，方才月台上只有她一人搭上這班捷運。

她才意識到這點，捷運就已駛入新北投站。彷彿一瞬間入夜似的，整排窗外變得漆黑。

「又是皓月重城陣？」接著她氣惱不已，「哎，我真笨，怎麼忘了白天也有月亮了呢。實在太大意了。剛才又急著過來，忘了買松香。現在想從陣裡出去，只能再藉陣眼之力瞬移了。」

上次在浴場時，花子們選擇用北投石做為陣眼，不知道這次是否也是如此。

到站後，車門開啟，她心生戒備地拿出骨鞭，小心翼翼地走了出去。

黑暗之中，四處的燈光和ＬＥＤ顯示器不時閃爍，偌大的月台除了她以外，一個人影也沒有，但陰氣額外地重，似乎是來自樓下。

絨絨一來到電扶梯口，原本靜止的電扶梯立即啟動。她站在梯口就能聞到陣陣硫磺味飄上來。

她一邊向下搭，一邊警惕地環顧四周。抵達一樓、下電扶梯時，忽聞一陣悠揚的琴弦聲。

只不過稍一分心，眼前的大廳倏然布滿縱橫交錯的黑線。緊接著手一陣刺痛，她低頭一看，手背和衣服多處都不知不覺被這些黑線劃破了。

她處變不驚地抓起一綹頭髮掃過黑線，髮尾齊斷，可見這些細如髮絲的黑線鋒利無比。

「這是『三千煩惱絲』。」花子的聲音在大廳內環繞，卻未現身，「過去北投是無數淪為娼妓的女人的斷魂處，這些女人一生如此可悲、可憐，但帶給女人不幸的北投卻被稱為『溫柔鄉』，是不是很好笑？」

絨絨明白了，這些黑線不是真的頭髮，而是娼妓死後，冤魂的怨氣所化，殺傷力強且異常堅韌。她的骨鞭甩出去，就好像打在鋼筋上，隨即反彈回來，但煩惱絲完全無損。

除此之外，四周的硫磺氣也越來越濃重，若不盡速出去，她便會中毒昏迷。一旦失去意識，她的肉身也有可能被奪舍。

她轉身正想跑向往樓上月台的電扶梯，臉冷不防被劃出一道血痕，髮尾也被削斷些許。不知道從什麼時候開始，後方的電扶梯也被布下密密麻麻的煩惱絲。

如今已無法控制自身虛實、半人的她，彷彿踩進了蜘蛛精的盤絲洞，除了殺出一條路外，沒有別的辦法通過大廳出站。

花子彷彿是要逼絨絨出手一般，大廳忽然湧現許多半透明、著和服的女鬼，朝她飄來。相較於浴場裡的女招待、藝妓那般妝髮精緻，穿著妖嬈性感，絨絨眼前這些女鬼個個披頭散髮，面容凹陷青白、一臉病態。

它們現在的模樣是死前的面目嗎？

她起了惻隱之心，一時不願先下手為強，僅用火鞭掃向周圍一圈，意在警告它們。但它們的動作並未有絲毫停頓，依然朝她飛撲而來。

它們為什麼願意白白送死？

此時三味線的樂聲再次響起，絨絨注意到它們眼神空洞，便知道花子又躲在背後用樂聲控制這些女鬼。

同時，絨絨也發現密布大廳的髮絲並未被妖火燒斷。她要是想出大廳，就必須耗費靈力施三昧真火燒斷它們。但是這麼一來，勢必會傷到這些女鬼。

「花子，妳這隻縮頭烏龜，只敢操縱這些無辜女鬼害人嗎？給我出來！」

女鬼們還沒碰觸到絨絨，她便先感受到一股寒意，如墜冰淵，緊接著一股強烈的哀傷和絕望，令她痛苦地抱頭跪倒在地。

女鬼們用極強的怨力將念頭灌輸到她腦海，絨絨霎時看見一個美麗的女子犯毒癮的時候全身抽搐、口吐白沫；接著另一個女子則是因拒絕接客，被老鴇鞭打到皮開肉綻。

再來，令她萬萬想不到的畫面出現了：一個留著齊劉海、穿著精緻和服的小女孩走進了一間木造的女廁，她彎腰低頭、似乎在找什麼。這時一個同樣身穿和服的男人走了進來，猛然將她拉進隔間，將門鎖上。她害怕地尖叫、喊著「櫻子」，這時門外穿來一陣急促的腳步聲，外頭的櫻子也一邊喊著「花子」，一邊跑進女廁。緊接著又傳來另一陣腳步聲，外頭的櫻子突然尖叫了起來。花子害怕地留下眼淚，她很擔心櫻子，但面前的男人擋住了她的去路，並且脫下衣服，朝她伸手過來。

這一幕激起了絨絨的憤怒，眼眶通紅的她周身亮起赤金色的三昧真火，滿腔怒意擊退了幻象，也讓整個大廳的煩惱絲和女鬼們同時起火。

絨絨一清醒，便看見女鬼們化為黑煙的瞬間，心裡感到非常內疚難過。

花子的聲音幽幽傳來：「現在妳明白，為什麼我們那麼想重生了？那兩個下賤的男人玷汙了我和櫻子後，為了脫罪，將我們兩個活活掐死，然後逃之夭夭。直到現在，也沒有人知道我們是被誰害死的。還有無數的、可憐的亡魂和我們一樣，都是死於非命。我們只不過是想再活一次。」

絨絨並沒有因為花子的遭遇和話術而動搖，仍然保持理智地說：「而妳明知那些鬼可憐，卻利用它們當妳的砲灰！」

「為了成就大局，有些犧牲是沒辦法避免的。」

「我很同情妳和櫻子的遭遇，但這不代表妳們就可以對無辜的人、鬼下手。櫻子搶走麗麗的肉身和魂魄這麼多年，我絕不原諒！」

當黑煙消散時，一個女人出現在她眼前。

絨絨握緊火鞭，朝眼前的人說：「我早該想到是妳奪了麗麗的舍。浴場裡的妳，不過是其中一魂罷了。」

佔據麗麗肉身的花子說：「沒錯。幹嘛這麼生氣呢？妳該感謝我保持著毛麗麗的年輕美貌。要不是我，她現在不過是個四、五十歲的老女人罷了。」

「無恥！」

花子看了看麗麗白皙纖細的手，嘴角微微勾起，一臉欣慰，刻意以麗麗的聲音說：「花了兩百年的時間才終於『完全重生』，我非常滿意現在的肉身。」

「為什麼妳完全奪舍以後，還能保有原有的法力？」

花子輕笑一聲，抬眼問絨絨：「妳也想嗎？加入我們吧。」

「我現在就是有人身、也有法力的狀態。」

花子搖頭，改回她原本的聲音說：「妳現在不過是半人半妖的雜種。除非妳升階到『破霞』，否則法力還會隨著時間繼續減弱。」又說，「嗯，還是自己的聲音聽起來比較順耳。」

「雜種」二字，絨絨聽起來特別刺耳。她一定要成人，然後成仙。到時候就再也不會有人罵她是雜種了。

似乎是知道前面的溫情喊話對絨絨無效，花子改變了策略，對絨絨伸出手，試圖以利誘之：「只要妳加入我們，我們就會教妳如何『重生』。妳可以輕而易舉地擁有真正的人身，而且保有法力。等到身體用壞、用膩了，隨時可以再換，不必再抱著渺茫的希望四處尋找轉生法寶，也不必冒著魂飛魄散的風險歷天劫；妳完全不必付出任何代價。加入我們，成為真正的人，易如反掌。到時候，妳可以跟我們一起修仙。成仙後，我們將不老不病、不死不滅。這樣不是很好嗎？」

絨絨冷哼一聲。

她一邊走向花子，一邊說：「妳當我是白癡嗎？就算擁有人身，我也依舊是妖魂，與人身永遠不可能『完全相容』。妳以為我不知道妖魂即便擁有人身也不可能成仙嗎？妳們這些卑劣的寄生蟲，有什麼資格叫我雜種。」

花子仰頭直視走到她面前、眼神夾帶怒火的絨絨，不慌不忙地說：「怎麼？想打我？妳捨得嗎？」說完便狠狠賞絨絨一巴掌。

絨絨感到臉頰熱辣辣地疼。她雖氣得想抽花子鞭子，但是她不能還手，她不能傷到麗麗的肉身。她握火鞭的手力越來越強，心中苦惱：花子現在不是普通的附身，而是完全與麗麗的身體合而為一，普通的驅邪符、咒對她來說都沒有用。我該怎麼做，才能將她趕出麗麗的身體？

絨絨的反應讓花子有些訝異，她揚了一下眉，反手又是一巴掌。

絨絨閃了過去，花子笑著說：「還是不還手？看不出來啊，真是隻忠心耿耿的狐狸精。」她說完，忽然掌摑自己。

「妳幹什麼？」

「妳閃一次，我就打毛麗麗一次。」

「妳這個該死的——」絨絨話說到一半，麗麗的長髮突然「嗖」地纏住她的脖子。

花子湊到她面前說：「上次妳燒了我一層皮，我還在想要怎麼找妳算帳呢。再敢掙扎，我就剁了毛麗麗的手指。」

絨絨感到頸項上的頭髮在收緊，一時想不到既能脫身、又能保麗麗安全的辦法。她握緊雙拳，拚命忍住想扯開頸上頭髮的衝動。

正當她整張臉漲紅，因吸不到空氣、快要暈厥時，眼角餘光突然有個東西閃過。定睛一看，一枝吹箭射中麗麗的臂膀。

花子一驚，絨絨感到脖子上的頭髮鬆動，趁機將它們扯下，奮力往後躍開，大口喘氣。她一看那吹箭的造型便知是樹人的。

許樂天他們來了。

果然，她一回頭，許樂天便一把將她緊緊擁在懷裡。

她又深呼吸了幾口，才說：「你是抱抱狂魔嗎？怎麼每次一看到我就抱我？」

「怕妳又不見了。」

化為人形的樹人們和猴精們先後趕到他們身邊。現在的小白菇和小綠芽已經長大了不少，已是國中生的身材，散發著與猴精們相同的湖水綠湧泉階光暈。

花子立刻將箭拔出麗麗身體，但那箭上似乎有毒，且毒性很強，她很快就整個人搖晃了起來，轉身走沒幾步就倒在地上。

花子的魂隨即出竅，她怨恨地瞪著剛才放吹箭的小綠芽說：「你到底射的是什麼東西？」

「嘿嘿，厲害吧。」小綠芽很得意，「長春花毒（註1）會使人肌肉無力、四肢麻痺。」

絨絨一把推開擋在她前方的猴精，冷不防伸手朝花子施展三昧真火。花子還來不及反應，甚至來不及尖叫，便已被焚盡。

「讓妳死得這麼乾脆，真是便宜妳了。」絨絨說完，瞪了許樂天一眼，「不是叫你別來了嗎？」

「我實在不放心妳。」許樂天加重語氣說，「妳放心，待會你們打架，我一定躲得遠遠的，保證不礙手礙腳。」

絨絨才翻了一圈白眼，小白菇和小綠芽便衝過來抱住她。小白菇關心地說：「妳有沒有怎麼樣？我們沒辦法與陣裡的樹產生連結，不知道妳在陣裡的哪裡，擔心死了。」

小綠芽也說：「就是說啊。還好妳就在新北投站。不然我們都不知道上哪去找妳。」

絨絨安撫他們：「沒事，別擔心。花子他們的目的似乎不是為了要傷害我，而是想拖延時間或消耗我的靈力。」絨絨摸摸他們的頭，「你們能想到用毒增加武器殺傷力，很好。」

小綠芽挺胸邀功：「是我想到的！」接著又說，「以後別再叫我『小綠芽』了，我已經不小了。」

註1：長春花是台灣常見植物，花色多樣，由於花期長、生命力旺盛，又稱「日日春」。夾竹桃科，全株有毒，誤食可能會造成肌肉無力、四肢麻痹等中毒症狀，但也可提煉成藥物。

小白菇趕緊說：「那我也不要叫『小白菇』，我也長大了。」

許樂天則皺眉說：「這裡硫磺味好重。我們趕快出站吧。」說完又將一小包松香拿給絨絨，「我這次買了很多，每人都發了一包。」

絨絨說：「可是法力足以開出裂縫進出的，只有我和獨眼啊。」

「啊？那，這……」許樂天將自己口袋裡的那包交給她，「那再多給妳一包。」

「不必，就放在你那吧。來幫我背麗麗，我們得帶著她走。」

要換作以前，絨絨肯定與傅蘞一樣不顧他人死活，找到麗麗的肉身就離開。但她現在不一樣了，她還想找到羅震坤和其他人，盡可能也將他們救出去。

一行人朝站外走的時候，絨絨瞥了一眼手機，十點剛過，便問許樂天：「你們怎麼這麼快就趕到了？」

距離她與許樂天在中山站分開還不到一小時，他怎麼有辦法回內湖找猴精、樹人，又趕過來新北投站。

戴眼罩的猴精獨眼說：「一點也不快。雖然我們都在同一個陣裡，但中間有結界。我們中午過來的時候，就被鬼擋牆、困在了樓上的月台。剛才我們幾個合力用靈力彈炸開結界，才總算能搭電扶梯下來救妳。」

絨絨驚道：「中午！」她又看了一眼手機時間，「現在不是才十點嗎？」

「你們看。」另一隻高大強壯的猴精神木，指著站外的方向說。

絨絨與大夥兒一起奔出站，往天空的方向看。這時她才意識到天空之所以是黑的，不是因為陣的上方邊緣是一片虛無，而是因為現在這個陣裡的時間就是夜晚。

許樂天說：「我們剛才一到站，就發現站外已經入夜了。會不會是陣裡的時間流逝速度比外面快很多？」

絨絨想到了什麼，抬頭望著夜空高掛的明月，若有所思地說：「不知道，也許你說的是對的，也許是因為別的原因。總之這是一個更強的陣，規模也遠遠超過上次那個。地雷很可能也在這個陣裡。」她的眼皮跳了一下，有些不安地說，「花子的主人應該也在這個陣裡。但是他的氣息隱藏得很好，我完全感應不到。」

許樂天想起羅震坤傳給他的地址，震驚地說：「什麼？那這個陣的規模也太大了吧！」

「咕嚕」一聲乍然響起。

絨絨揉著肚子，「好餓。」

她話才剛說完，其他猴精的肚子也咕嚕咕嚕叫了起來。神木疑惑地說：「我的肚子怎麼會跟著叫呢？」

臉上特別紅潤的猴精紅面說：「對。而且我中午吃得那麼飽，怎麼這麼快就餓了？」

許樂天拿出特別為絨絨準備的一大袋包子，邊發給大家吃邊說：「我們剛才可能猜錯了。這個陣裡的時間其實和外界是同步的，只是布陣者可以控制陣裡的人對於時間流逝的敏感度。譬如，現實世界已經過了一小時，但陣裡的人以為只過了五分鐘。然而，腸胃消化的速度是騙不了人的。」

神木突發奇想：「我聽說人以前篤信『吃什麼補什麼』，所以會吃猴腦補腦。那我吸你的精氣，是不是也能變聰明？」

絨絨莞爾一笑，對神木說：「你試試看。」

神木感受到她美麗的笑容中夾帶殺意，忙道：「不敢不敢，我就只是想想而已。」

「想也不准！」絨絨轉而對樹人們說，「在破霞階蛇妖傅薮找到你們之前，幫我顧好許樂天和麗麗。」

許樂天問：「為什麼突然這麼說——」

話才說到一半，絨絨便以迅雷不及掩耳的速度用松香開出裂縫，將許樂天連帶麗麗、樹人們給推出了法陣！

第十五章

大淵獻

地熱谷後方山坡路上的廢墟裡，楊志剛回頭發現後方無人，又聽羅震坤說有鬼，便猜測是鬼想上他的身但失敗了。既然如此，後方的鬼便不是他的首要威脅，而是眼前的宋白石，因此他的槍口對準的是她。

出乎楊志剛和羅震坤的意料，宋白石竟瞬間與他們拉開一大段距離。她面無表情地回楊志剛：「我當然是宋白石啊。」

「打從妳從捷運站走出來的時候，我就知道妳不是了。白白那麼重視儀容的人，衣服背面為什麼會有那麼多髒汙？那分明是被拖行的痕跡。」

宋白石低頭看自身，細看才發現深色襯衫手肘和褲子後方確實都有汙點，有些地方還被磨擦破了。那是她被拖進廁所隔間時弄的。

她冷道：「不愧是破案王，觀察力真好。」

羅震坤對楊志剛說：「白白應該是被鬼奪舍了。鬼可以讀取她生前的記憶，但是目前還是殘缺的，所以她剛才在捷運站遇到我們，才會對我們特別冷漠；她怕說的越多，越容易漏餡。」

「接著。」楊志剛單手將警證（註1）丟給羅震坤。

註1：傳說警證和警徽象徵的是正氣，都有辟邪的功用。

羅震坤一接到，宋白石就笑了出來，而楊志剛後方的男鬼再次撲向楊志剛，但男鬼又被彈了出來。

宋白石斂起笑意，楊志剛晃了晃手腕上的佛珠，痞笑著說：「出來混，不帶些好貨怎麼行。」

宋白石一步步朝楊志剛走來，「就算我不是宋白石，你又能怎麼樣？這可是宋白石的身體，你一直拿槍指著『她』，難道你真的敢開槍？」

她的記憶不完整，不知道楊志剛私下辦事的時候是個無法無天的瘋子，殺伐果斷的他眼睛眨也不眨，當即扣下扳機、朝她開槍！

「砰！」

宋白石應聲倒地。

「哇靠，你神經病啊！還真的開槍！」羅震坤一邊罵楊志剛，一邊朝宋白石跑去。此時一個小女孩的魂從宋白石的天靈蓋竄出來，羅震坤見狀驚叫：「花子？」

「我是櫻子。」她以中文回答。女孩穿著與花子同款的和服，卻是黑底銀繡。長長的髮絲與和服融為一體，在空中飄揚。

羅震坤看著那張與花子一模一樣的臉，「妳們是雙胞胎。」

「接著，」楊志剛將佛珠拋給羅震坤，「先給她戴上。」

羅震坤不知道那是楊志剛最後的護身符，接到後便直接為宋白石戴上，並在她身旁蹲下，察看起她的傷勢。

櫻子惡狠狠地罵了一句日文髒話，又用中文指著楊志剛大吼：「你壞了我的好事。」

楊志剛將槍收起來，慢條斯理地點起一根菸，深吸了一口，吐出一陣白霧後才開口問羅震坤：「那隻鬼在罵我吧？」他沒有陰陽眼，無法感應到櫻子，只是猜測。

「對。」羅震坤邊檢查宋白石的傷勢邊說，「她說你壞了她的好事。」

「怪她自己蠢。一開始選上我的身就是錯的，就算是便衣刑警，也會出於習慣，隨時帶警證。應該要上你的身才對。」楊志剛頓了一下，又語帶嘲諷地說，「喔不對，他們的確一開始是打你的主意，但是失敗了。結論還是——怪她自己蠢。」

櫻子又質問楊志剛：「你和宋白石不是夥伴嗎？為什麼開槍傷她？」

羅震坤重複一次櫻子的問題給楊志剛聽，楊志剛又抽了一口菸才說：「重點就是『要傷到』。這道理跟『人質』差不多，一個會拖累你們的傷者就不是擋箭牌，而是包袱。」

羅震坤檢查完宋白石的傷勢後，鬆了一口氣，「還好是傷到大腿外側，要是打到股動脈就危險了。」他邊說邊脫下自己的襯衫幫她加壓止血、包紮，又用皮帶固定。

「廢話，我內行的好不好。」

「不過，看她剛才倒下的角度和力道，至少會有輕微腦震盪。」

「安啦。」楊志剛又說，「喂，我猜那應該是隻小鬼吧，才會那麼好騙，隨便開一槍就嚇得落跑。」

羅震坤還沒回答，櫻子便氣得尖叫一聲，齜牙咧嘴地撲向楊志剛，沒想到還是被反彈回來。櫻子打量了他一會，脫口說：「居然有先人庇佑？」

話音一落，她和清裝男鬼都突然消失，不見所蹤。

楊志剛環顧四周一圈，又跑到戶外察看，確定沒有危險後，站在門口對羅震坤招手，要他趕緊出來。

羅震坤背起無意識的宋白石，跟著跑出去。外頭的天也是黑的，而且高掛的圓月詭異地又大又明亮，此景與他離開林曉大樓、進到浴場的那晚一樣。看來陣裡的時間和現實世界並不一樣。

直覺告訴他，現在陣裡的時間應該也和他那晚看到浴場的時間一樣，都在十點左右。但他又覺得奇怪，為什麼布陣者要將陣裡的時間「調」到晚上十點？這個時間點有什麼特別意義嗎？

他邊想邊跟著楊志剛摸黑穿過草叢，回到山路上，還好楊志剛的車還在。一上車，楊志剛馬上發動車子，腳踩油門、驅車下山。

路上，坐副駕駛座的羅震坤將自己方才想通的因果和他之前被困在浴場裡的事，簡要地告訴了楊志剛。

楊志剛語氣輕佻：「這麼說那些人都是『鬼』殺的？那太好啦，都不用再查了，全部『意外身亡』結案。哇，一次結上百個案子，今年業績達標，水！」

羅震坤嚴肅地說：「不要用這種語氣講話，這些都是人命。」

「我愛用什麼語氣講話，就用什麼語氣講話。現在開車的是我耶，少惹我。」楊志剛說完還挑釁地點菸來抽。

羅震坤懶得跟他廢話，只是默默降下車窗通風。他想起方才櫻子的話，便轉述給楊志剛聽，好奇問他：「什麼先人這麼厲害？你家是做什麼的啊？」

楊志剛愣了一會，好像想到了什麼，臉色立即沉下來，又抽了一口菸才淡淡地說：「我爸生前也是警察。」

羅震坤聽出關鍵二字：「生前」。他沉默了一會，才對楊志剛說：「是嗎？我怎麼從沒聽說。那他肯定是個好警察，所以才能累積很多陰德、庇佑你。」

楊志剛苦笑了一下，神情落寞，「是啊，他是個好警察、大好人，但不是一個好爸爸。」

羅震坤看他臉色不對，怕楊志剛再講下去會分心，忙道：「這個陣的範圍好像在擴大，不知道邊緣到哪裡了？」

楊志剛知道他在轉移話題，便順著他的話說：「先回新北投站再說。」

車子沿著迂迴的小路往山下開，擋風玻璃外，路的兩旁雖有路燈和民宅，但沒有一盞、沒有一戶是亮的，只能憑著兩束車燈燈光照路。一路上都沒有看見人，整條山路顯得詭譎陰冷。

車子開到一半，兩人遠遠就看到地熱谷入口出現一群人。

羅震坤初時還開心地拍楊志剛說：「我們是不是開出陣了？」但他馬上發現自己錯了，「啊，前面的天空還是黑的。」

接著兩人發現那群人都站在路中央，身體面向他們，假人似的一動也不動。

楊志剛按了幾下喇叭，但那群人一點反應也沒有。

羅震坤遲疑地說：「不對，他們看我們開過來，完全都不閃。」

「這麼說，前面的都不是人囉？」楊志剛關掉行車紀錄器，開催油門，「坐好。」

羅震坤感覺車子忽然加速，全身緊繃地說：「喂，你該不會要把他們撞開吧？萬一他們都是人怎麼辦？」

楊志剛聳肩，「這條路又沒有監視器。身為共犯的你，不會出賣我吧？」他瞥了羅震坤一眼，回以一個壞笑。

「不要鬧了，快停車！」羅震坤抓緊上方的拉環大吼，心裡大罵真的是個瘋子！

就在車子距離那群人不到十公尺時，突然撞到一堵看不見的牆。

「磅！」

車頭連同引擎蓋因強烈撞擊而瞬間擠壓變形，車尾也騰空掀起，楊志剛和羅震坤同時大叫出聲。

就在擋風玻璃出現蜘蛛網紋的剎那，羅震坤下意識伸左臂護住楊志剛，右臂護住自己的頭，接著因猛烈的衝擊力道失去意識。

不知過了多久，當羅震坤醒來時，眼前的擋風玻璃已經全然碎裂。幸好沒有整片掉下來，僅有少數玻璃渣掉落。

然而，車外的那群人正慢慢地朝他們走來。

羅震坤趕緊搖晃楊志剛的肩膀，「喂喂，快醒來。他們過來了。」

楊志剛不知撞到了什麼，被這麼一搖只是頭歪向一旁，毫無反應，似乎已經陷入昏迷。

羅震坤緊急之下，將他推到門邊，將排檔桿打到R檔，左腳踩下油門，試圖倒車，但是車子完全沒有反應。羅震坤這才發現車子熄了火。他試圖再發動車子，但一點用也沒有，它似乎已徹底拋錨。

「磅磅磅！」

車外的人們已經包圍住整輛車，一邊拉車門把手、一邊拍車窗。

有兩個人跳到扭曲的引擎蓋上，同時抬腳踢向擋風玻璃。羅震坤下意識伸手護住臉時，他右邊的車窗被外面的人大力擊破，受到猛烈衝擊的他，再度失去了意識。

第十六章 鬼湖

絨絨和猴精們一行前往羅震坤傳的位置時，在前方打頭陣探路的神木和紅面都在地熱谷入口停下腳步。他們感受到深處有濃厚的陰、陽氣夾雜，似乎有為數眾多的人、鬼在裡面。

絨絨考慮了一會，決定先派葉紙人進去一探究竟。她口中喃喃有詞，射出數張葉紙人，它們在空中轉了幾圈，便筆直地沿石磚道飛往地熱谷。她可以在遙控它們的同時，同步感應它們的所見所聞。

然而，葉紙人才剛從石磚道飛到木棧道沒多久，絨絨就突然感應不到它們了。「可惡，被發現了。它們全都在一瞬間被滅了。」

絨絨身旁的獨眼問她：「要進去看看，還是繼續走？」

此時神木忽然招手，「大家快來看！」

絨絨和其餘猴精跑到地熱谷入口一看，有一輛車門敞開，裡頭無人的黑色車子。它的車頭嚴重變形毀損，車窗玻璃碎落一地，顯然在這個路段發生了嚴重車禍。

猴精們探頭探腦地繞車子察看一圈，獨眼察覺到不對勁，對絨絨說：「這車就停在路中央，但是它前方什麼都沒有，到底是撞到什麼？」

貪吃的神木撿起地上的東西，又嗅又啃了一下，才拿給絨絨，「好像不是吃的。」

絨絨一看，賞神木一記白眼，「麗麗跟我說過，這些是人類保平安用的珠子，平常都是串在一起、戴在身上的，不知道為什麼散落一地。」

說到這，她發現珠子上的菸味很熟悉，正細細嗅聞時，紅面也拿了東西給她，「老大，後門地上撿到的。」

絨絨接過來定睛一看，是警證，而且照片上的人正是她前幾天才看到的楊志剛！這才意識到這珠子和警證，以及楊志剛身上的味道一致。

「他的警證和珠子怎麼會在這？難道這車也是他的？那他人呢？」她順著這個思路想下去，「該不會早上來接地雷的人就是他吧？那地雷呢？」

她整個人一從車門鑽進駕駛座，就聞到楊志剛身上的菸味。再東嗅西聞一會，很快就在副駕駛座上聞到羅震坤的氣味。

「果然。他不久前才搭過這輛車。」

她下車後左右張望，獨眼問她：「怎麼樣，老大？」

她指著車頭說：「你看，地雷傳給我們的地址是在地熱谷後面的山上，但這車頭的方向不是往山上開，而是往山下開。」

獨眼會意：「妳的意思是說，我們要找的羅震坤，他很可能在離開原本傳給妳的地址、下山經過這裡時出了車禍？」

她點點頭。紅面說：「唉，所以我說，在台北開什麼車，搭捷運不是很安全嗎？花個幾十塊錢就有司機幫你開車，還可以邊吹冷氣邊睡覺，不是很好嗎？」

「給我閉嘴，捷運有可能開到每條路上嗎？都什麼時候了，還講些五四三。」

她作勢要用指節敲紅面的頭時，他敏捷地彎腰閃過她的手，趴在引擎蓋上，立即感到一股暖意，奇道：「這還是熱呼呼的耶。」

獨眼猜測：「所以車禍才剛發生？」

絨絨與獨眼同時看向地熱谷入口，獨眼說：「那兩個會不會都在裡面？」

「嗯。你跟我進去看看。」她轉頭對其他五隻猴精說，「你們在這等我們出來，不准亂跑。」

平常最聽她話的神木第一個抗議：「才不要，要是怕危險的話，我們就不會進陣找妳了。要走一起走。」

獨眼也說：「我們相依為命這麼多年，這種時候更要在一起。」

絨絨欣慰一笑，應道：「好。」

以防萬一，她先對在場六隻猴精都施了追魂術，才一起進入地熱谷。

前往地熱谷的森林步道上，兩旁樹木蔽天，一行人在漆黑的木棧道走了一會，絨絨見到地上的葉紙人殘屑，開口提醒大家：「大家小心，我的葉紙人就是在這裡被發現、毀掉的。」

然而，什麼事都沒發生。

猴精中最粗線條的神木邊走邊說：「老大，妳太神經兮兮了。我看這裡樹這麼密，葉紙人八成是撞到樹、失靈了吧。」

紅面說：「不對不對，葉子那麼柔韌的東西，撞樹能碎成這樣？我覺得還是老大說得對，小心駛得萬年船。」

正在打量四周的絨絨什麼話也沒說，只是想著這裡太安靜了，就連一點風聲、樹葉沙沙聲都沒有，其中一定有詐。

獨眼看出絨絨正在思考，便以氣音對神木、紅面說：「小聲點，你們當這裡是我們的辛亥老窩嗎？」

地熱谷的青磺泉湖所在位置比絨絨預期還要深，他們又走了一段時間，忽聽到一陣此起彼落的尖叫聲。大家立即加快腳步，沒多久便看到了湖。

只是當他們望著眼前觸目驚心的景象時，絨絨終於知道為什麼方才一路都暢行無阻了。

不遠處的木棧道上，站了成千上百個人。他們之中有男有女、有老有少，全都一動也不動地盯著下方熱氣蒸騰的泉湖，而湖中滿滿的都是人魂。

此湖的泉眼是青磺泉的天然噴發口，溫度極高（註1），剛死的孤魂野鬼在還未修鬼道前沒有法力，與人類一樣無法承受這般高溫。對他們來說，下湖猶如下油鍋，滾燙的泉水與蒸氣使他們萬分痛苦，不停嚎叫、掙扎，即便與他們還有段距離，絨絨一行人也能聽到不絕於耳的哭喊聲。慘就慘在他們被頭頂一道散發黑氣的邪網鎮壓住了，再怎麼掙扎也無法上岸。

紅面望著湖中慘叫的人魂們，駭然道：「這哪是地熱谷，根本是地獄谷啊！人怎麼能對同類做出這麼殘忍的事？」

絨絨也是大為吃驚。她努力讓自己鎮定下來，思酌一會，「木棧道的那些人並不是真正的人，而是已經被奪舍的『活死人』。他們都在等著湖裡的魂恢復記憶，好從魂中汲取生前記憶。而他們之所以毀了我的葉紙人，也是為了引我前來察看；讓我們這麼順利來到湖邊，八成就是為了請君入甕，搶奪我現在的人身，方便就近將我的妖魂推下湖、取得我的記憶。」

註1：地熱谷是大屯山系中，水溫最高的泉湖，泉溫約九十度到一百度。傳言曾有人失足墜湖而活活燙死，故地熱谷早期曾被謠傳有眾多冤魂盤據，被稱為「地獄谷」、「鬼谷」，而泉湖也被稱為「鬼湖」。

「那妳現在豈不是很危險？」獨眼又說，「這裡的活死人可能還不是全部，也許只是其中一批而已。」

神木驚叫：「其中一批？是在賣臭豆腐嗎？」他問絨絨，「我們還要繼續往前走嗎？」

紅面也臨陣退縮了，「老大，妳要找的人到底跟妳是什麼關係？不熟的話，我們還是先撤了吧。說到底那些人的死活，跟我們妖有什麼關係？」

「嘻嘻。」

這聲驟發的竊笑聲雖然很輕，但獸類精怪的聽覺、嗅覺都比常人敏銳數倍，是以絨絨與其他六隻猴精都聽得一清二楚。

「這聲音！花子？」絨絨訝然，「不可能，我明明就殺了……」

一道人影從硫磺煙霧中竄出，以異於常人的速度撲向絨絨。

絨絨也不是省油的燈，她身形一閃，便跳到棧道旁的樹上，往下一看，那是一個身材高䠷、著深色套裝的短髮女人。她根本沒見過這女人。

她才看清楚來人，便感到脖子一緊，整個人猛然被一股強大的力量扯下樹。

「老大！」獨眼射出以魄體變出的短柄飛刀，割斷纏繞住絨絨脖子的頭髮。

絨絨在空中扯開脖子上的頭髮，一個空翻，在尚未落地之前就朝短髮女人揮鞭而去。

「喀啦。」

這一鞭來得又快又狠，來不及躲避的短髮女人左邊鎖骨應聲而裂。她冷哼一聲，單膝跪在地上，五官因疼痛而扭曲。

絨絨一落地，想起在新北投站時，那些怨念極深的女鬼強行灌輸到她腦海裡的畫面，疑惑地問：「妳是櫻子？妳奪了這個女人的舍。」

「嘻嘻。」櫻子沒有直接回答她，而是冷笑，「妳似乎不知道妖有『禁制』。」

絨絨知道她說的禁制是什麼。事實上，所有辛亥山區的精怪都曾聽公墓區的亡魂提起過。

沒有亡魂知道原因是什麼，只知道人在天地間就是特別受眷顧的存在；唯有人能成仙，且唯有人享有「禁制」保護。

禁制指的是：除非某人罪大惡極，否則妖一旦直接殺人，不但轉生無望，還容易入魔。即便可以繼續修行升階，也必須承受十倍業報、不得善終，付出的代價極為慘重。

碧湖藻妖便是血淋淋的例子。

這也是為什麼多數的妖天生對人會恐懼、避諱或厭惡，巴不得離人越遠越好。而清楚知曉「禁制」這點的妖，若要報復，除了極少數是抱著玉石俱焚的決心，否則多半是選擇「威脅利誘」的方式，讓人自己一步步墮落、邁向死亡。絨絨自己本身則是修正道的，更是不能亂殺生。

櫻子忍著鎖骨上的劇痛，慢慢站起來，皺眉說：「就算湖裡還有一千多個『半成品』，已經奪舍成功的也有五百多個。」

獨眼聽了，環顧四周，小聲對絨絨說：「我們被包圍了。」

紅面補充：「泉湖周圍的山上都忽然出現人氣，她說的應該是真的。」

絨絨心想：一千多個半成品……也就是說正在準備奪舍的還有一千多隻鬼。該死，怎麼會這麼多？

櫻子又說：「我們有你們不能殺害的人身，又保有原來的法力。更重要的是，你們完全分辨不出哪些人魂是無辜、被擄來的，怎麼跟我們鬥？交出肉身吧，小白狐，也許我還可以考慮讓妳的猴子跟班們安全出陣。」

絨絨握緊骨鞭，抿嘴心道：她說得沒錯。人魂多半都是善惡參半的灰色，別說是無法區分這些人魂當中誰是被害的，就連哪些是已經被奪舍的人，我們都難以辨別。要是待會獨眼、神木、紅面他們殺紅了眼，犯了禁制怎麼辦？萬一情況危急，那些活死人殺了羅震坤和楊志剛，又該怎麼辦？更何況泉湖裡還有這麼多人魂，要是我們不小心毀了他們的肉身，他們之後就算歸位也會變成殘疾人士……到底該怎麼辦？

她向來自負，過去以為天底下沒有事能難倒自己，但眼下的難題，令她也不知道該怎麼辦了。她真的沒有把握可以在硬闖的情況下，不傷到任何人性命。

這下她真的無能為力了。

櫻子彷彿看出了絨絨的無助，再度冷笑一聲，眼神怨毒地瞪著絨絨說：「妳知道雙胞胎其中一人被殺的時候，另一個人會感同身受嗎？」她指著一旁的蒸氣瀰漫的湖，「我也要妳的妖魂嚐嚐烈火焚身是什麼滋味！」

第十七章 活死人部隊

櫻子一說完人便消失，同時絨絨他們聽到有東西從不遠處的樹上掉下來。眼前那群活死人紛紛退到棧道兩側，露出後方兩個被繩子反綁、掛在樹上的人。他們被吊在空中微微擺動，似乎都失去了意識。

四周漆黑，絨絨雖看不清他們的臉，但嗅得出他們的味道。那是羅震坤和楊志剛。

「既然妳不在乎妳那些跟班的生死，我就再加碼吧。嘻……」櫻子的聲音在山谷中迴盪。

有一半的猴精們見兩方人數差異懸殊，心生退意，畏畏縮縮地說：「老大，對不起，我們先撤了。」他們一轉身，卻發現後方的棧道已被數十人包圍。

「等一下！」獨眼突然站出來，「這本來就是你們之間的事，我不想介入，也不想動手。」

絨絨錯愕地瞪著他，一時間不知做何反應。在她心裡，獨眼不只個性最沉穩，也是最忠心的。

神木拉住獨眼，震驚地說：「你在說什麼？你怎麼可以這樣？我以為你……你怎麼可以背叛我們？」

「你你你……」紅面指了指獨眼，又揪著胸口的衣服，痛心疾首，「果然是路遙知馬力，日久見——」

他說到一半，獨眼便連續出了兩拳將神木、紅面擊退，再一躍落在活死人群中，「既然打不過，就加入對方。不然你們以為，我為什麼會願意當一隻狐狸精的跟班？」

櫻子的聲音再度傳來：「可以。只要你不插手，我允許你在旁觀戰。」緊接著獨眼雙手就各自被左右的活死人抓住。她警告獨眼，「我想你應該不會蠢到殺人、承受業報吧？」

紅面和神木站起身，走到絨絨身邊。

神木表情嚴肅地說：「雖然妳從來沒帶我吃過一頓好的，但不管怎樣，我都和妳站在一起。」

紅面也點頭同意，看向絨絨，難得不再多廢話。

絨絨看到他們眼神中動物特有的純真、傻勁和堅定，馬上就下定了決心。她伸手拍拍紅面和神木的肩膀，嘴角一勾，「有你們這句話就夠了。」說完便以極快的速度，持松香開出裂縫，一把將紅面和神木推出陣，接著又將另外三隻臨陣脫逃的猴精踹出陣。

櫻子突然現身在人群前，對她鼓起掌，臉上已沒了方才因鎖骨骨裂而疼痛的神情。

絨絨心中起疑：她鎖骨上的傷好了？怎麼有辦法在這麼短的時間內復原？

就在這個時候，絨絨注意到櫻子口袋內有個小東西正不斷散發著能量。

是北投石！

原來如此，他們不藉人魂就能完全控制肉身的關鍵就是北投石的能量！

櫻子語帶嘲諷：「真是一隻有情有義的雜種。」

瞬息之間想通關鍵的絨絨，對於櫻子的譏諷不氣反笑，雙手放到身後，一邊朝櫻子前進，一邊泰然自若地說：「妳們姊妹倆的嘴真不是普通的臭。」

櫻子攤手說：「妳又能奈我何？」

「妳確定？上一個這麼對我說話的鬼，已經被我燒得連灰都不剩。」

絨絨凌空一躍，落到湖上，雙手一翻，鎮壓人魂的邪網頓時被妖火焚光，火光將山谷照得猶如白晝。

櫻子神色大變，失聲大喊：「火術士！」她這才發現絨絨根本不怕火，不禁恨得咬牙切齒。

絨絨朝空中撒出數枚松香，直接在湖的上空開出數道裂縫。滿湖的人魂見狀，爭先恐後地衝向空中的裂縫出陣，場面一時混亂得如傾巢而出的螻蟻大軍。

同時，棧道上的人群中，獨眼一發力便掙脫左、右兩個活死人，轉身就朝楊志剛和羅震坤的方向射去兩刀，精準地將他們的繩子割斷，又朝他們正下方射去松香，在棧道上開啟裂縫。他們一墜落、穿過裂縫，獨眼馬上將裂縫封起，不讓其他活死人追出去。

活死人朝獨眼撲了上來，獨眼收刀，赤手空拳地將率先撲向他的三人擊退，接著又開一道裂縫出陣。

他一跳出裂縫，已在外面世界的棧道上的神木便朝他大吼：「你這個叛徒！」接著便衝過來，作勢要打他。

獨眼鎮定道：「那兩個人呢？」

神木愣了一下，回道：「在後面。紅面正在顧。你想幹嘛？」

獨眼說：「你們快帶他們走，離這裡越遠越好。我得趕快回去了。」

神木後方的紅面問：「等等，你不是說不想插手嗎？回去幹嘛？」

獨眼瞪他們一眼，「真不知道老大以前哪來的耐心跟你們兩個白目講話。」

紅面一聽，驚喜萬分，「喔喔喔我懂了，你是假裝背叛，好救出那兩個人對不對？你現在回去是要救老大？」

神木聽紅面這麼說才終於反應過來，馬上對獨眼說：「我也要進去！我們一起並肩作戰！」

獨眼搖頭，「你們現在最重要的工作就是把那兩個人帶走。我現在偷偷回去是要找出陣眼。地熱谷對於這些鬼的『重生』計畫這麼重要，那泉湖應該是整個陣的中心。湖周圍說不定能找到陣眼。」

說完不等神木、紅面答話，他便逕自跑開，從無活死人的位置開啟裂縫、再度進陣。

絨絨見獨眼救走楊志剛、羅震坤，頓時鬆了一口氣。櫻子絕對想不到，正是因為她方才警告獨眼的一番話，絨絨才多了個心眼，猜測獨眼陣前倒戈可能是另有盤算，所以便將計就計，並未對他多加阻攔。

此刻她心裡盤算：待湖裡的人魂都跑光，她便先出陣與許樂天、傅薮、麗麗會合，再討論如何救回陣裡多達一千五百具的肉身。

然而周圍的森林卻一下子冒出上百隻惡鬼，直朝湖上正在竄逃的人魂飛速湧來，企圖逮住他們。

「烈焰沖霄！」絨絨一喊令，環湖棧道外圍頓時升起數十道火龍捲。不論那些鬼多麼凶神惡煞，只要一靠近便會馬上被妖火包裹、吞噬，根本沒機會接近湖邊。

但絨絨怎麼也沒想到，棧道上許多活死人眼見自己的獵物逃走，又一時忘了自己已有肉身，也和山上的惡鬼一樣想都不想就朝湖面飛撲過去，打算揪住那些四散的人魂。

絨絨一看大事不妙，心裡驚想：要是這些活死人墜湖，滾沸的泉水會將他們瞬間燙死的！

她當即單膝跪下、雙手貼湖面，施展逆向控制：「冰天雪地！」

整片湖的表面頓時結冰，就連波浪、漣漪都為之凍結。

然而活死人們墜落的衝擊力太強，一落在湖面上，身下的湖面受力，全都裂出蜘蛛網紋，只要稍微移動，就會整個人掉入湖裡。活死人們察覺到自己的處境，開始紛紛叫喊求救。

「救命啊！」

「救我啊，我不想再死一次！」

「我好不容易重生！」

他們越是掙扎，身下的裂痕就越多、越深。櫻子靠在欄杆上，對他們大罵一連串日文髒話，又用中文說：「一群白癡，全死了算了！」

絨絨意識到湖面上的薄冰不足以承載他們的重量，而且由於這座湖是活水湖，無人的冰面也很快被熱水融裂成數塊。

她當即再施一計，「冰凍三尺！」

冰面頓時加厚許多，但瞬間消耗大量靈力的她，卻忽然感到一陣暈眩，不支倒下。

她感到人中附近有股黏稠的熱意，一抹發現是鼻血，暗自心驚：我流血了？果然像傳薇、花子說的，轉生後的法力會隨著時間減弱。要達到同樣的效果，就要耗費更多的靈力施法才行。才不過幾秒鐘的時間，我的靈力就只剩一半了。

就在活死人一個個奔上岸的同時，櫻子的笑聲在一旁的棧道上響起。

「嘻……哈哈哈哈。那句中文話怎麼說啊？喔，對了，『狗吠火車』。」

櫻子說完，數道熟悉的人影便出現在絨絨眼前。絨絨抬頭一看，差點氣暈過去。筆直朝自己跑來的竟是許樂天和白菇，而綠芽也背著麗麗的肉身朝自己慢慢走來。另一端，紅面背著羅震坤，神情疑惑地東張西望；神木震驚地失手將楊志剛摔在冰面上，一時反應不過來。

「好，很好。」絨絨緩緩站起身，握著鞭子的手指關節發出喀喀聲響。她掃視岸上一圈的活死人，雙眼迸發出螢綠的殺意，「誰敢動他們，我會要你們知道什麼叫作生不如死。」

岸上的活死人才剛見識絨絨的法力，一時不敢輕舉妄動。然而，絨絨他們所在的湖面卻突然震動了起來，數十隻頭上長角的惡鬼從水下霍然破冰而出，冰面頓時被撞裂成數塊浮冰，神木、白菇一下子全都落進了湖裡。綠芽也重心不穩、摔倒在地，而從他身上掉落的麗麗的肉身即將滾落湖中的剎那，被許樂天死命揪住，才得以保全。但羅震坤和楊志剛就沒那麼幸運了，他們的手腳都分別掃到滾燙的湖水，兩人馬上就被燙醒。

楊志剛醒來的第一個反應是大吼一聲，彈坐起來驚叫：「燙燙燙！」接著腦中浮現車禍瞬間的畫面而暴怒，「剛才哪個畜牲害我撞車！現在車壞了誰賠啊，幹！」這麼一動，他又差點掉進湖裡，還好被羅震坤拉住。

羅震坤喊著：「別亂動，趁浮冰全融之前，趕快想辦法划到岸邊、上岸。」

楊志剛怒氣未消，「划屁啊划，這水那麼燙，你自己划划看。」

綠芽和白菇都朝棧道下方的柱子射出數條氣根，緊緊纏住後，各自迅速將麗麗和許樂天帶上岸。

神木從水中跳回浮冰上，以妖魄變出長棍與角鬼打了起來。身手矯健的他雖比角鬼略勝一籌，但不知為何，角鬼被擊中後一點反應也沒有，彷彿根本沒有痛覺。

紅面同樣用自身的魄體變出弓箭，一手抓五箭射向周圍的角鬼，箭雖百發百中，但角鬼們亦毫髮無損。

第十六章 鬼湖

第十七章 活死人部隊

第十八章 無頭商人

第十九章 百年大局

第二十章 燭龍之眼

一隻角鬼正要撲向楊志剛和羅震坤時，被絨絨的火鞭一下給打進湖裡。

她見角鬼被火鞭打中後，魂魄無損，便知這些角鬼與浴場裡的礦鬼一樣都被異化了。雖然角鬼純粹以蠻力攻擊人，但魂魄都如銅牆鐵壁般堅固，須用三昧真火才能消滅。只是依她現在的靈力，若要施展三昧真火，就必須先收回環湖棧道外圍的火龍捲。

眼下已經沒有太多時間思考了，為了避免同伴落湖，她決定先施風術將載著同伴的浮冰送往岸邊，同時提醒他們：「上岸小心！」

沒想到，神木和紅面都轉身在浮冰與浮冰間跳躍、奔向絨絨，似是要與她一起戰鬥到底。

她傻眼之餘也有些感動，趕緊先揮鞭將他們周圍的角鬼群打進湖裡。

而此刻，活死人已聚集到岸邊，等著羅震坤他們羊入虎口。楊志剛一邊掏槍檢查，一邊問羅震坤：「警證還在你身上嗎？」

羅震坤東摸西摸，一臉尷尬地看向他。他正要指著羅震坤鼻子開罵，羅震坤就反射性地蹲下、避開他的槍口，這大動作令腳下浮冰一晃，兩人都嚇了一跳。這麼一嚇，楊志剛也忘了要罵人，直接從褲管抽出一支伸縮警棍給羅震坤。

羅震坤訝異地問：「你隨身帶這種東西嗎？」

「開玩笑，出來混不帶些好貨怎麼行。」楊志剛說完便直接朝離他們最近的活死人開幾槍。

「砰砰砰！」

岸上的活死人沒想到楊志剛會真的開槍，紛紛抱頭鼠竄。

羅震坤緊張地說：「小心點啦，這些都是被奪舍的身體。」

楊志剛抓緊時機喊：「一、二、三！」與羅震坤一同從浮冰跳到岸上。

他一上岸就舉槍指著活死人，活死人初時還有些忌憚，但棧道上有人喊著：「怕什麼，大不了再奪舍。」

楊志剛聞聲抬頭一看，講話的人卻是宋白石，又看到她手腕上的佛珠不見了，便知道她又被櫻子奪了舍。

羅震坤仰頭看到宋白石腿上中彈的位置少了包紮，站立的姿勢不像是腿部有傷，便對楊志剛說：「你看，她的槍傷位置。」

櫻子聽到羅震坤的聲音，低頭對他冷冷地說：「沒錯，已經痊癒了。」又對其他活死人繼續喊，「以後你們想要什麼樣的外表、身分都行。快上！」

不少活死人聽櫻子說得有理，都奮力衝向了羅震坤和楊志剛。

楊志剛不再開槍，改以槍托攻擊活死人。人群中有人說：「他沒子彈了，大家上！」

這下活死人全部蜂擁而上，羅震坤把警棍當成球棒用，三、兩下就把上前的活死人們打倒在地。

楊志剛鄙夷地看了一眼羅震坤，眼神彷彿在說：我看你下手也挺狠的。

羅震坤理直氣壯，「看什麼看，我是把他們打脫臼，又不是骨折。我有我的專業。」

只不過活死人人數實在太多，他們兩個遲遲沒辦法突圍。就在這時，人群中數個活死人突然集體倒下，一群剃額留辮、穿清裝的鬼從他們身上飄出，猛然撲向羅震坤。

羅震坤驚呼之際，被人猛然向後拉，接著一道人影擋在他身前，數枝飛箭也從他身後射來，一一命中撲過來的鬼。

他定睛一看，身前的人正是許樂天。再回頭一看，箭是由浮冰上的紅面射來的。

其他活死人見狀不敢再出竅，正當他們要再群攻許樂天、羅震坤和楊志剛時，數枝箭再度射來。這回箭的外型變得較粗糙，也不是妖魄化成的，而是真實的木箭。

其中一個中箭的活死人才大喊：「箭上有毒！」便立刻倒地，動彈不得。

其他活死人惶恐地看向一邊射箭、一邊跑向他們的白菇和綠芽，正要後退時，忽有人叫著：「我也中箭了，怎麼沒事？」

此時綠芽搔搔頭，不好意思地說：「花毒沒了。」

羅震坤傻眼，「那也不要當著他們的面講出來啊！」

另外兩個活死人分別撲向許樂天和羅震坤，「砰砰」兩聲槍響忽起。是楊志剛再度開了槍。

羅震坤問他：「不是已經沒子彈了嗎？」

楊志剛回以痞笑，「兵不厭詐。」

許樂天回頭問綠芽：「你怎麼也過來了？麗麗呢？」

綠芽指著後方一顆樹，許樂天赫然發現他竟有辦法把麗麗的肉身「埋進」樹幹裡，僅留拳頭大的樹洞露出她的臉、供她呼吸。

綠芽得意地說：「就算她被奪舍也暫時出不來。怎麼樣，我很聰明吧。」

這時，有六個活死人從人群中走出來，手上都舉著槍，槍口對準許樂天他們。這六人雖都穿便服，但羅震坤和楊志剛還是一眼就認出來，其中兩人是他們去林曉大樓相驗時的管區員警。其他四人恐怕也是同僚。

沒想到已經有警察被奪舍了！

這下子，換許樂天他們不敢再輕舉妄動，羅震坤開口警告大家：「硫磺味變重了，小心中毒。」

棧道上的櫻子開口說：「你們早就已經中毒了，很快就會陷入昏迷。我剛才不是說了嗎，你們的掙扎都是狗吠火車、徒勞無功。」

一陣沉穩的腳步聲忽地從地熱谷入口的方向傳來，櫻子對來人說：

「這個氣息……蛇妖？」

來人正是傅薇。他的視線從樹中的麗麗身上收回，推了一下眼鏡，手中的直傘變成長杖，邊走邊一臉淡漠地看了一眼湖中的絨絨等人，再看下方的許樂天一行，最後視線才落到身前的櫻子身上。

櫻子見傅薇不答，正要再問什麼，他忽嘆了一口氣，「我本來是不想出手的。」緊接著便以長杖擊地，「山崩地裂！」

傅薇跟前的棧道，霎時一片片往前坍塌，櫻子等其他活死人見狀，轉身就跑。

許樂天看他們上方棧道上的人都已經跑光，反向思考地叫大家：「盡量靠湖邊逆向跑！不然棧道垮了，會被摔下來的人砸傷。」

棧道崩塌的速度極快，活死人們跑沒幾步，就全都摔到了下方的碎石坡，眨眼間，整個環湖棧道只剩下幾根底部基柱還立著。

絨絨見狀趕緊收回火龍捲，運靈力凍結一圈湖水，卻已經有數十人滾入湖裡，谷中再次迴響起淒厲慘叫。

儘管她是先收回火龍捲再施逆向控制，這樣施法還是大損靈力。察覺到自己又流了鼻血，她邊抹血邊抱怨：「傅薇，你到底是來幫我，還是來整我？」

遠方的傅薇竟聽得到她的聲音，淡淡回應：「都不是。下去。」

「什麼？」

「地動山搖！」

整座湖劇烈一震，神木、紅面和其他角鬼隨之掉進湖裡，絨絨也重心不穩地從浮冰上滑了下去。她入水的剎那才會意過來，傅蔹是要她用青礦泉補充靈力。

岸邊的許樂天朝傅蔹大喊：「你應該沒事吧？麗麗呢？」

傅蔹知道他問的是麗麗的主魂，便答道：「已經被我安置在安全的地方。因為全球疫情的關係，枉死城爆滿。鬼差說，就算麗麗提早下地府報到，現在也是要排隊入枉死城，所以答應讓我先帶回陽間。至於麗麗的肉身，」他冷眼瞪著綠芽和白菇，「誰把她埋進樹裡的？萬一被蟲咬了怎麼辦？」

綠芽和白菇瑟縮到許樂天身後，白菇悄聲說：「他好凶喔。」

傅蔹罵歸罵，下一秒還是出現在許樂天身邊。趁現場一片混亂，活死人們尚未反擊前，將一綑晶瑩潔白、有光澤的空心條狀物遞給許樂天。

許樂天接過來一看，不太確定地問：「這是糖蔥嗎？」

「這是蓪草心煉製出的『護元根』。」傅蔹翻了個白眼，「剛才在台大醫院站的時候，麗麗來不及仔細說。後來她告訴我，她和其他人被關押在浴場的時候，會被定時灌食護元根磨成的泥，而浴場裡的鬼魂也會吸食它燃燒後產生的煙。那晚她趁亂逃出浴場時，偷了一袋出來。」

許樂天馬上想通其中的關聯，「麗麗的肉身和這些活死人之所以不會硫磺氣中毒，就是因為護元根？」

傅蘞點頭補充：「我猜還能使奪舍的鬼保有原本修鬼道的法力。正是因為這些鬼發現了蓮草的藥效，原本硫磺谷和地熱谷附近一帶的野生蓮草才會被摘光。它們現在擁有的蓮草應該是私下栽種的。」

「原來如此。」許樂天將護元根發給大家後，自己馬上就吃了一根。口感竟與糖蔥一樣薄脆，不甜不苦，有淡淡青草香。

羅震坤急著說：「天兵！你就這樣吃下去啊？萬一他騙你怎麼辦？」

「不信就算了，吃不吃隨你們。」傅蘞繼續對許樂天說，「總之，眾鬼完全奪舍需要蓮草和北投石輔助，而現在地熱谷連一顆北投石也沒有，很可能也是被它們偷光的。」

「還好麗麗偷了這袋出來。有了護元根，大家就不會硫磺氣中毒了。對了。」許樂天抽出幾根還給傅蘞，「麗麗也得吃吧。」

傅蘞推開他的手，「當然是她先吃完，才輪到你們。」說完轉身就要走。

許樂天叫住他：「你去哪？」

「帶麗麗的肉身離開。只要她安全，人間大亂，跟我又有什麼關係。」傅蘞又說，

「給你們護元根已經仁至義盡了。」

他輕鬆一躍就回到棧道上。然而才站定，他卻彷彿被人偷襲一般，突然整個人向後倒下。幸好下方的許樂天和羅震坤及時伸手接住他。

許樂天忙問：「你怎麼摔下來了？沒事吧？該不會你自己沒吃護元根、硫磺氣中毒了？」

傅薮搖了搖頭，「我剛才好像突然被電擊一樣，全身麻痺。」

湖上傳來一陣慘叫，許樂天等人轉頭一看，紅面倒在浮冰上，而神木正被一隻無頭鬼掐住脖子。那隻鬼身材比神木還要高大，穿著土綠色直裰長袍（註1）、背上綁著土色包袱。

他那令人難以直視的脖子斷面不停冒血泡，發出水中冒泡般的「波波」聲。

此時一顆人頭從樹梢上緩緩飄下來，俯視許樂天他們，神情陰沉地說：「想走，也得經過我的同意。」

那是一顆男人的頭顱，他的頭頂梳起一個包，以黑色網巾固定；五官相貌平平，但臉色發青、唇色帶紫，看起來陰鬱駭人。

跌在碎石坡上的櫻子見到他，立即高喊：「主人！」

許樂天對羅震坤小聲說：「他應該就是花子和櫻子的主人。」

羅震坤點頭，「這個王八蛋就是集體奪舍的幕後主使者。」

白菇和綠芽齊聲驚呼：「飛頭蠻（註2）？」

傅薇眉頭一皺，「我還以為飛頭蠻是古代作家想像出來的，沒想到世上真有這種鬼。」

飛頭說：「那麼你聽過『出草』嗎？你不知道的事還多著呢。」說完陰冷一笑，那雙石頭般黯淡的眼睛散發出絲絲詭異白煙。

註1：「直裰」始於唐朝的平民漢服之一。明朝時期，直裰在文人墨客與身分較高的商人階級中流行。
註2：飛頭蠻源自干寶的《搜神記》。

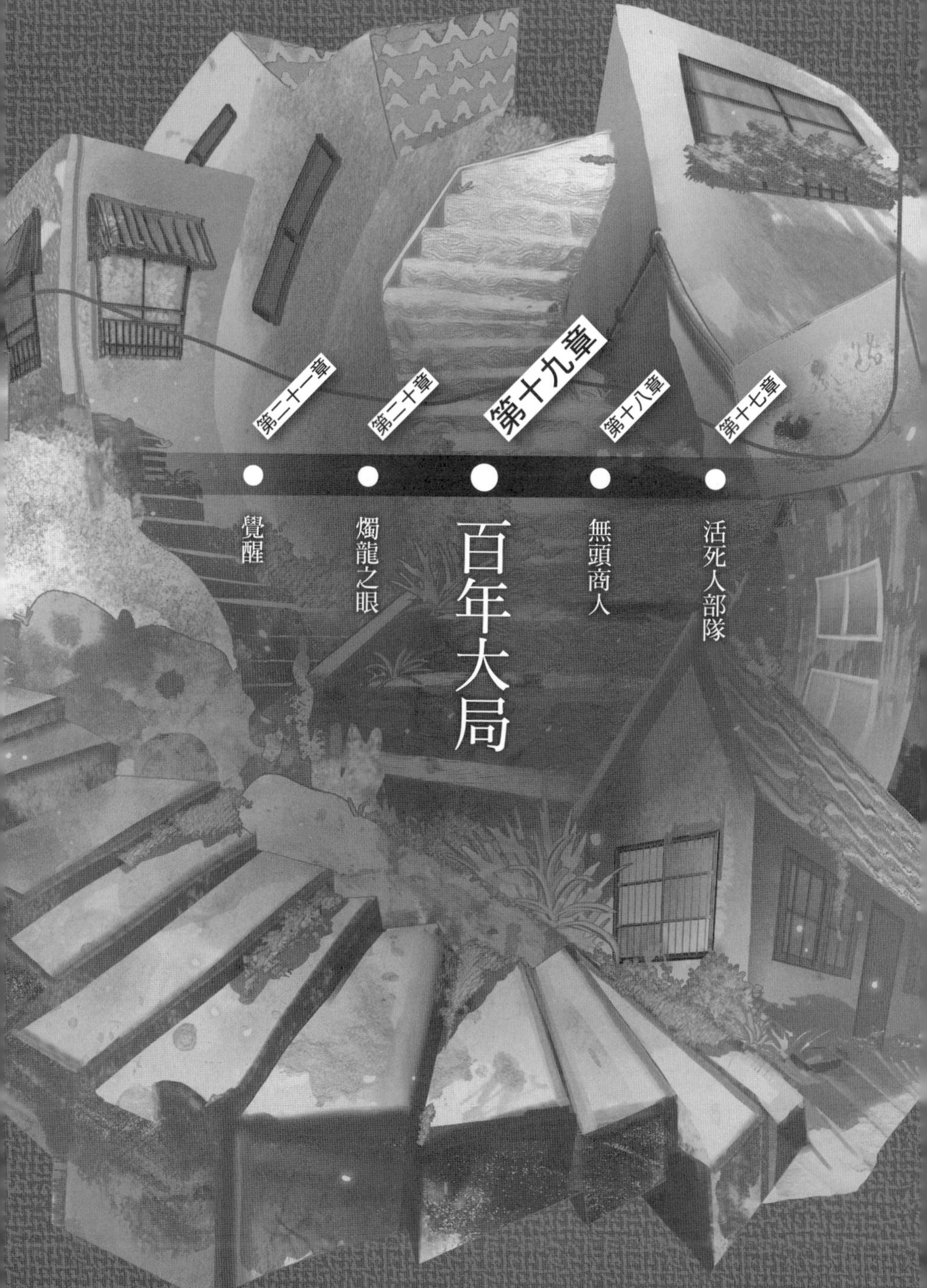

第十七章 活死人部隊

第十八章 無頭商人

第十九章 百年大局

第二十章 燭龍之眼

第二十一章 覺醒

晚間十點半剛過，一列捷運駛近新北投站，兩個外表大約二、三十歲的男人一前一後下了車。

走在前面的那個人是東青丘的王子——岳鐸。他穿著簡單的休閒白襯衫和淺色牛仔褲，卻散發著高貴慵懶的氣息。

後面穿著正式三件套西裝、一絲不苟的人，則是與岳鐸情如兄弟的近身侍衛邱壇。

兩人皆身材高瘦，相貌俊美，且同樣是棕髮、棕瞳，在人群中特別搶眼。不論是在捷運上還是月台上，凡走到之處，無不引起路人的注目。他們似乎已經習慣別人的目光，對此不以為意。

邱壇對前面的岳鐸低聲說：「殿下又忘了加固鎮煞法陣了嗎？法陣的法力只剩不到一成了。」

岳鐸頭也不回，「有加跟沒加還不是一樣。這站一直都這麼乾淨，真不知道每晚巡邏有什麼意義，無聊死了。」

邱壇神情嚴肅，「這是將軍給殿下顧的第一個捷運站，一定要照顧好，不能應付了事。今晚就把法陣加固吧。」

「知道啦。」

兩人搭手扶梯下到大廳，趁四下無乘客的空檔，岳鐸對邱壇使了眼色。

邱壇馬上會意，反問他：「現在？不等捷運站關站嗎？」

「沒空，我等下要去信義區跑趴。」岳鐸催促，「快點。」

邱壇雖認為不妥，但還是順從地雙手結印，施法道：「封。」

整個捷運站被結界圍住，站外的人朝站內看，只會看到虛幻的無人大廳。在邱壇撤下結界前，站外的人會宛如鬼擋牆般，不管怎麼走都無法走到站口。

接著邱壇又施高階幻術，站內的監視器全都定格，所有工作人員都被催眠似的，眼神空洞地呆在原地、一動也不動。

岳鐸站到大廳中央，變出一個拳頭大小、外觀如陀螺儀的青銅法器。有了這個威力強大的法器，加固法陣不過是彈指之間的事。

他一唸咒，法器便浮在空中，迅速轉動起來，中央散發出流金般的光芒，將上頭的經文投影在站內各個角落。待經文流轉完成，法陣即加固完成。

然而，經文轉到一半，岳鐸和邱壇皆發現了站內出現異樣的波動。

邱壇神色緊張地對岳鐸說：「先暫停。」並馬上跑到他身邊，眼神戒備地左顧右盼。

岳鐸聞言將法器收回手中。邱壇則雙手再次結印道：「解。」

結界一撤，捷運站恢復正常。邱壇再一揮手消除幻術，站內的工作人員便動了起來，完全沒發覺方才異常之處。

岳鐸問邱壇：「為什麼不讓我把法陣加固完？」

邱壇說：「有人在站內偷偷布陣，而且陣法等級很高，要不是動用到轉經球，我們可能完全察覺不出來。在還沒搞清楚對方是誰、布的是什麼陣、有什麼目的之前，貿然加固法陣只會打草驚蛇。」

此時，兩人同時見到一隻蚊子飛到一半突然消失，似乎是飛進那個陣裡了。

他們互看一眼，岳鐸正要走進陣裡看看，就被邱壇攔住，「危險。」

「我會小心啦。」

「不行。」

「我先進去看，你趕快去找將軍過來。」

「我是殿下的近身侍衛，怎麼可能讓殿下落單。要嘛我們一起進去，要嘛我們一起去找將軍。」

岳鐸態度強硬地說：「這是命令。」他見邱壇不為所動，只好先服軟，「不然這樣，我在這護站，你趕快去找將軍，這樣總可以了吧。」

邱壇疑問：「殿下不會自己偷偷跑進去吧？」

岳鐸皺眉說：「當然不會。你當我還是小孩子嗎？」

邱壇沉默不語，岳鐸不耐煩了，「叫你去，你就去。誰知道布陣的人在裡面做什麼壞事。快去！」

邱壇知道事態可能很嚴重，猶豫了一下，還是答應：「我馬上就回來。」此時已經沒時間等捷運了，邱壇一說完就走到無人、無監視器的角落，施展瞬移術，眨眼就消失。

他一離開，岳鐸環顧四下一會兒，便趁無人注意時快步走進陣裡。

地熱谷深處的泉湖邊，飛頭話一說完，楊志剛冷不防丟一顆石頭過去，但飛頭敏捷地閃開。

許樂天和羅震坤疑惑地看向楊志剛，他解釋：「如果不是實體，開槍打他就浪費子彈。」

傅薮瞪著飛頭，瞳色轉紅的瞬間，周遭數十顆石頭從四面八方同時擊向飛頭。這些石頭已被傅薮灌注靈力，飛頭閃避不及，眨眼就被打成變形的蜂窩，掉落在他們跟前，在地上微微晃動。

許樂天往後跳開，不忍地移開視線，「好慘。」

「哇靠……」羅震坤反而湊上前看，「這招好酷。」

楊志剛看了一眼手槍，默默將它收起，改掏出一根菸，點火抽了起來。

另一頭，絨絨霍然從湖中一躍而起，大喊：「金蛇沖霄！」

三道金色的烈焰猛然燒向無頭鬼，鬼身立刻就被燒得一乾二淨，浮冰上只剩騰騰黑煙。

神木落進水裡的同時，絨絨也跪倒在浮冰上。青磺泉雖然能提升靈力，但這麼短的時間內，她只恢復了三成功力。

她看向倒在浮冰上的紅面問：「沒事吧？」

紅面勉強撐起身體，氣若游絲地說：「沒事。」

「這溫泉雖燙，但能提升靈力，快下去泡。」

「那妳怎麼辦？」

「我還撐得住。」

紅面一下水，無頭鬼竟在絨絨對面的浮冰上再次出現。

絨絨瞳孔圓睜，心下駭然，連三昧真火也滅不了他？

無頭鬼凌空一躍，朝下方的絨絨重擊而來，她及時後空翻入湖、避開攻擊，浮冰頓時被砸得粉碎。

岸邊的飛頭乾笑了好幾聲，迅速飛升到空中，頭顱一轉，原本嵌在頭上的石頭如子彈般射向許樂天等人。

傅薟及時施展土術，使那些石頭在空中炸開，但眾人仍不免被紛飛碎石劃傷皮肉。當飛頭轉回正面、面向許樂天等人時，頭顱竟又回復完好無損。飛頭說：「我這種六甲子的厲鬼，可不是你們這些三腳貓有辦法招架的。」

白菇看向飛頭，再看向湖上的無頭身軀，「飛頭蠻要頭和身體同時滅掉才行。」

「什麼？」浮出水面的絨絨聽見樹人們的聲音，轉頭一看，才發現無頭鬼的頭在岸上。

白菇馬上將一枝木箭穿過護元根，射到絨絨跟前，喊著：「快吃下去，這可以抵禦硫磺氣。」

無頭鬼感應到木箭，從湖中躍起、正要攔截時，絨絨踩著他的肩膀借力往上一竄，硬是搶先一步拿到木箭，再空中一翻，揮鞭將無頭鬼打進水裡。

綠芽補充：「飛頭蠻的頭和身體不會聚在一起！」

絨絨落在離無頭鬼較遠的浮冰上，邊咀嚼護元根邊回：「那要同時滅掉太難了。」

岸上的櫻子說：「現在才知道難了嗎？你們輸定了！」

無頭鬼馬上出現，就站在絨絨旁邊的浮冰上。飛頭低沉的聲音在谷中環繞，對絨絨說：「加入我們，或者灰飛煙滅。」

楊志剛恍然大悟過來，「集體奪舍只是整個計畫的一部分，你們不會讓我們有機會洩漏出去。」

櫻子笑著說：「沒錯，主人籌畫了數百年的計謀，不能有任何閃失。北投區只是第一步，控制首都台北才是最終目的。不過，我們邀請的是狐妖和蛇妖，你們這些人今晚必死無疑。至於肉身嘛，」她摸摸宋白石的臉，「我們會好好幫你們照顧的。」

飛頭看向傅葳說：「你們有沒有想過，為什麼獸妖明知人類脆弱，偏偏心底就是會萌生想『成為人』的念頭？其實，你們不是真的想成為人，而是想『取代人』！想擁有人類在這世上的一切，包括地位和成仙的資格——這點，我們是一樣的啊！」

絨絨感到前所未有的恐懼，依她和傅葳的妖力，就算兩者加起來也比不過飛頭蠻，更何況周圍山上還有數量眾多的惡鬼和活死人。

她心想：傅葳心裡只有麗麗，他會不會為了她的安危，加入飛頭陣營？要是這樣的話，許樂天他們就有危險了。

兩股石堆猛然各自飛向頭顱和無頭身軀，雖然都成功了，但白菇卻慌張地說：「要『同時』啊。」

許樂天驚訝地問：「連這麼一點點的時間差也不行？」

果然，飛頭和身體很快又再次出現，而且再度完好無缺。

飛頭沉聲說：「不知好歹的畜牲。去死吧！」

傅薮突然感到五臟六腑受到劇烈衝擊，身軀一震，當即跪倒在地，吐出一口熱血。他以雙手撐地，聲音沙啞地說：「到底是什麼？」

櫻子也對湖上的絨絨喊著：「妳再不交出肉身，我就毀了毛麗麗。別以為她不可取代！」

絨絨正要趕去保護麗麗的肉身，卻被乍然衝出水面的無頭鬼給攔住。

此時一群活死人沿棧道下的碎石坡爬上山坡、跑向藏麗麗肉身的樹。

傅薮驚恐大叫：「不！不要碰她！」

「反悔了嗎？」飛頭冷冷地說，「來不及了。」

第十八章　無頭商人

第十九章　百年大局

第二十章　燭龍之眼

第二十一章　覺醒

第二十二章　逆轉

岳鐸一進陣後，便發現陣內的環境與陣外原來的世界竟一模一樣。他變出一把長劍後，一邊顧盼左右，一邊快步出站。

當他走到站外的路口時，但見夜空中的圓月大得不可思議，再觀察四下一會，便心裡有數，喃喃地說：「皓月重城陣。」

他一個閃身，移動到捷運站附近大樓的頂樓，從高處向四周眺望，發現陣內空間呈狹長狀，遠及地熱谷。而地熱谷上空盤旋著濃重的陰氣，似乎有為數眾多的鬼聚集在那裡。

「這麼多鬼偷偷躲在陣裡，肯定沒好事。」

由於地熱谷算新北投站周遭，屬於岳鐸負責治安的區域。這事要是被將軍發現，岳鐸知道自己肯定會被罰面壁練功。

從小嬌生慣養、不知天高地厚的岳鐸王子，自認東青丘外再無敵手，豪氣地說：「竟然在我眼皮底下群聚。看來跑趴之前，得先暖身一下了。」

地熱谷泉湖旁，山丘上的某個無人角落，突然憑空出現一道裂縫。一道人影從裂縫竄出來，縫隙隨即閉合。

獨眼蹲在地上，確定身旁無其他氣息後，才小心翼翼地站起來，悄悄往泉湖方向靠近，往山下察看。果然，鬼魂都聚集在山下的湖邊，此時周圍的山頂都後防空虛。他轉身正要開始找陣眼，便與突然出現的人撞個正著！兩個人同時向後躍開。他下意識射出飛刀，對方眼明手快地變出劍、將刀打飛。

他還沒說話，那人先開口：「猴精？」

獨眼沒見過眼前的人，不知道他正是東青丘的岳鐸王子，又不確定他是不是已經被奪舍，為了避免傷及無辜，便說：「你要是現在離開，我就當作什麼都沒看到。」

「什麼跟什麼。你跟底下那群鬼是一夥的？」岳鐸心中已有成見，也不等獨眼回答就提劍攻去。

兩人刀劍相交好幾回，直到幾隻身穿凱達格蘭族衣飾的鬼魂被聲音引來，提刀衝向他們的時候，這才發現對方與山下的鬼群不是同一夥。

雙方各自滅掉對手後，獨眼才對岳鐸說：「我是來摧毀陣眼的。你呢？」

岳鐸摸摸鼻子，不好意思告訴他這裡是自己的管區，只說：「總之我跟山下那群不是一夥的。不過我得先搞清楚是誰布陣，還有那人的目的，才能幫你毀掉陣眼。」

「來不及了。現在情況這麼緊急，你先幫我毀了陣眼，想知道什麼我都告訴你。」

「你都知道？」岳鐸答應，「可以啊。」

他們在山丘上找到一座由數塊巨岩累成的石堆。岳鐸奇道：「軍艦岩（註1）怎麼整座被搬到這邊？」

獨眼說：「我感覺到一股能量，陣眼應該就在那裡。」

兩人一靠近軍艦岩，眼前便倏地出現一排凱達格蘭族鬼，左、右、後方也同時出現數十隻。

岳鐸對獨眼說：「你往前跑就對了，其他的，我來對付。」

「你行嗎？」

不等岳鐸回答，凱達格蘭族鬼已如猛獸般咆哮一聲，舉刀奔向他們。

此時也管不了那麼多了，獨眼一邊衝向軍艦岩，一邊朝前方的鬼射出飛刀，接著滑壘閃過鬼揮來的刀刃，爬起身繼續狂跑。

岳鐸的寶劍威力強大，一揮就倒一排。但他怎麼也沒想到，這番動靜會傳到山下去，衝上來的鬼一波接著一波，令他沒辦法面面防守。

獨眼跑到軍艦岩下方時，看到上方一處石縫中有顆大如棗子的琥珀，能量正是從中傳出來的。

註1：軍艦岩為北投區的知名景點，位於榮總後山。軍艦岩與淡水區的「二號橋石頭公」的古稱都是「豬哥石」，傳說巨岩會化身為豬哥精危害當地百姓。

後方的鬼舉刀砍來，獨眼彎腰避開，左、右手變出雙刀、將鬼頭砍下。他又轉身將雙刀射向後方追兵，身手矯健地攀上軍艦岩，眨眼就爬到了琥珀旁。

他伸手要將琥珀拔出，但它好像生了根般卡得很緊，於是他又變出刀，試圖將它鑿出來。

正當琥珀似乎開始鬆動時，一波飛箭冷不防射向他。來不及閃躲的他中了數箭，與琥珀一同墜落。

重重摔落的他，在地上使勁往琥珀爬去。有一隻鬼持刀向他的腿砍來，他使盡最後的靈力一縮腿、後滾翻，右手抓住琥珀一用力，左手對鬼擲刀而去。

琥珀被捏碎的瞬間，皓月重城陣隨之瓦解！

然而，獨眼的刀並沒射中那隻鬼，正當鬼刀就要砍中獨眼時，一把劍從鬼背後刺穿而出。

下一秒，劍又回到岳鐸手裡，他轉身一揮，又屠滅一排。

「啊！」獨眼忽感到掌中一陣刺骨的灼熱。他攤開手，發現琥珀是碎了，但是中央的金色果核卻沒碎，而且還在發光！

王子回頭一看，震驚一叫：「燭龍（註2）之眼！」

燭龍之眼突然熔化成液態，一下子鑽入獨眼的掌心，灼熱感如火燒般一路傳到他頭頂，令他失明的眼窩一陣劇痛。

「啊——」他摀眼仰頭大吼一聲，昏了過去。

岳鐸趕緊跑過來摘下獨眼的眼罩、撐開眼皮一看，瞧見了蜂蜜色的瞳孔。

他鬆了一口氣，開玩笑說：「這隻大概是天底下最貴重的義眼了。」

岳鐸將靈力注入劍柄上的紅寶石，寶石頓時發出一束耀眼紅光，直射天際。

「快來啊。」他仰頭看了一眼，繼續揮劍斬來鬼。

與此同時，邱壇氣喘吁吁地趕到陽明山上一間餐廳的露天座位區。他還來不及對正在喝茶的邱灩將軍開口，兩人就已看到遠方天空出現一團陰氣。緊接著，一束紅光沖破陰氣團，直達雲霄，在黑夜中特別醒目。

邱灩看了一眼紅光，面無表情地轉頭看向邱壇。邱壇一到餐廳，她就感應到他了。

邱壇硬著頭皮上前，正要開口，邱灩便制止：「跟我走，路上再報告。」說完便領著他往餐廳門口而去。

註2：《山海經》中，燭龍擁有掌控時間的能力，能左右晝夜更替。

擔心岳鐸安危的邱壇，沉默了一會，還是忍不住開口問：「殿下怎麼辦？要通知其他人嗎？」

「先不要聲張。」

「要動用三軍嗎？」

邱灩態度依然鎮定，但口氣明顯轉冷，「三軍的職責是護衛東青丘，不要本末倒置了。」

邱壇低頭道：「是。」又抬頭問，「我們現在要去救他，對嗎？」

邱灩看出邱壇的擔憂，便說：「對。他要是這回再闖禍，我會罰他抄青丘史一百遍。你也不准再偷幫他寫。」

橫跨整個台北盆地的木柵山區，指南宮殿外，呂洞賓坐在白色欄杆上，一邊擦心愛的跑鞋，一邊夜觀台北。

這時遠方的地熱谷一瞬間湧出濃烈陰氣，令他見狀後差點連人帶鞋摔下去。

他坐穩後，喃喃自語：「那邊是東青丘的管區，邱灩應該馬上就會看到了吧？應該吧？」

地熱谷泉湖邊，傅薟一跪地吐血，許樂天和羅震坤馬上蹲下察看他。

羅震坤對許樂天說：「好像是嚴重內傷。他到底受到什麼攻擊？我什麼都沒看到啊。」

許樂天初時也不解，但當他聽到羅震坤說「什麼都沒看到」時，忽然想到：「輻射線？北投石有輻射線！」

羅震坤馬上意會過來，從醫學的角度說：「你是說像X光和伽瑪射線那樣？有可能！飛頭說不定能控制北投石的輻射劑量，所以北投石可以用來療傷，也可以用來殺人。但是北投石在哪裡？附近有嗎。」

許樂天看向楊志剛嘴上叼著的菸，靈光一閃，「眼睛！他的眼睛！」

眾人一同看向飛頭那雙冒煙、黯淡無光的石頭眼。

「原來罩門在那。」傅薟說完又吐了一口血。

對戰中的白菇和綠芽同時向飛頭射出數枝箭。飛頭雖眼窩中箭，但一搖頭晃腦又恢復原狀，他們根本傷不了他。

飛頭冷道：「愚蠢至極。」他轉頭看向白菇和綠芽，剎那間，兩者同時痛苦地發出尖叫、口吐白沫。

許樂天大喊：「快停下來！」他想衝過去擋在白菇和綠芽身前，卻被羅震坤和楊志剛架住，他掙扎急吼，「放開我！身體也可以阻擋輻射的。」

另一頭的湖面上，絨絨與無頭鬼正打得不可開交，神木忽從無頭鬼後方現身，一棍擊向他的背。紅面同時浮出水面，朝無頭鬼射冷箭說：「這裡交給我們，妳快去救麗麗。」

許樂天見絨絨正朝岸邊衝來，急忙朝她大喊：「小心！飛頭的眼睛有輻射線。」

「什麼線？」

羅震坤補充：「就是放射線。」

許樂天又說：「粒子束。」

他們說的這些，絨絨都歪頭表示聽不懂。

傅蘞聽不下去，深吸一口氣，大吼：「會使人、妖、鬼重傷的能量！」說完又開始咳血。

這下絨絨總算聽懂，她秒回：「了解。」接著人就出現在山坡上。

她朝前方的活死人甩出骨鞭，眾敵馬上被絆倒。這時她才瞥見櫻子站在樹前，頭髮正穿過狹小的樹洞，試圖勒緊麗麗的脖子。

絨絨立刻躍過倒地一片的活死人，施火鞭燒斷櫻子的頭髮。趁櫻子受驚倒退的時候，她跳到櫻子與樹中間、擋住麗麗，接著毫不猶豫地一鞭打在櫻子身上。

櫻子被打飛出去，痛得一下子爬不起來。她低頭一看，身上一道焦黑印痕，方才火鞭的炙火把衣服和皮肉黏在一塊，令她的胸口血肉模糊。櫻子尖叫一聲，「妳瘋了嗎？不怕承受業報嗎？」

絨絨的瞳色轉螢綠，她咬牙切齒地說：「再敢靠近麗麗，就算被天打雷劈，我也照殺不誤！」

「好忠心啊。」

絨絨才聽到聲音，飛頭便憑空出現在她眼前，與她四目相交。她還來不及反應，整個人便如遭電擊般被彈飛，撞上身後的樹幹。

第十九章 百年大局

第二十章 燭龍之眼

第二十一章 覺醒

第二十二章 逆轉

第二十三章 石敢當

岸邊的傅薟目睹飛頭出現在麗麗身前，自知法力不敵的他，決心與飛頭同歸於盡。但他隨即感受到一股波動，所有人都忽然晃了一下，好像空氣中有風壓掃過。

周圍景象不變，但傅薟能感覺到皓月重城陣已經消失了！雖不知原因，但總之他們現在已身處真實世界裡。他冷靜下來對大家說：「陣法被破解了，這一仗說不定有險勝的機會。」他對湖上的神木和紅面喊，「你們馬上送他們出谷。」話音方落，他便現身在湖上浮冰，變出黑金長杖與無頭鬼對戰。

方才絨絨的火龍捲一退，滿山的鬼都飛奔下山，虎視眈眈地圍繞在環湖棧道外的山坡上。若不是忌憚蛇妖傅薟，許樂天等人早就落在它們手中。

眼下傅薟一離開，鬼群和活死人群都迅速湧向許樂天一行人，白菇和綠芽朝對方射箭擋下第一波，但還是馬上被團團包圍。

神木和紅面看傅薟打得游刃有餘，馬上跳回岸上，想去救出絨絨和麗麗。對於猴精們來說，一起生活多年的她們才是同伴。

絨絨卻朝猴精們大喊：「聽蛇妖的，快帶他們跑！」

神木和紅面聞令，雖不情不願，還是殺出重圍、為許樂天他們開路，樹人們則擋在隊伍尾端。

傅薟將無頭鬼踹下湖，利用空檔製造小規模山崩，暫時擋住活死人的去路，幫許樂天他們斷後。

然而鬼魂不受影響，依然追著他們而去。此時樹人們忽然受到偷襲，雙雙向後彈飛，將許樂天和羅震坤都撞倒在地。許樂天定睛一看，樹人們皆吐出了透明汁液——那是他們的血！許樂天當即紅了眼眶，與羅震坤分別背起白菇、綠芽跑，改由紅面殿後。

白菇氣若游絲地對許樂天說：「背著我們跑不快的，放我們下來吧。」

許樂天忍不住邊跑邊哭說：「為什麼要這麼拚命救我們？」

羅震坤背上奄奄一息的綠芽說：「你們知道……為什麼樹人是自然界唯一會被稱為『人』的精怪嗎？因為……天地只會在同一時間，選一族造化成全靈根族。我們是上一代的全靈根族，背負保護萬物的責任。每一種物種徹底滅絕的『最後一隻動物』，會在死亡時化為芒神，也就是你們說的魔神仔……當芒神數量到達一定的時候，全靈根族就會受到天懲。」

白菇接著說：「天懲就是大洪水……大洪水過後，我們樹人全都變成樹，再也不能動了……抱著贖罪的心情供萬物予取予求、從不抱怨。」

綠芽說：「這一代的全靈根族都是未覺醒的神，一定可以做得比我們更好……」

白菇又說：「所以，犧牲生命也要保護你們……」

許樂天和羅震坤突然都覺得背後一空，兩人一回頭，驚覺綠芽和白菇都已消失，只剩地上兩株小小的榕樹苗。

羅震坤傻在原地，許樂天一把將樹苗撿起，拉著他繼續狂跑。

地熱谷旁的山丘上，岳鐸揮劍擊殺鬼到一半，兩道人影突然從天而降。

隨即一道刺眼金光亮起，周圍出現透明金色半球形防護罩，將為數眾多的鬼魂全都擋在外面，任憑它們又踢又打、又砍又揮，都無法破壞分毫。

岳鐸眨了眨眼，看清眼前來人是邱灩和邱壇，大發脾氣：「你們兩個怎麼那麼慢才來。」說完便收起劍，甩了甩手臂，「害我手痠得要死。」

「抱歉。」邱壇趕緊向前，「殿下沒受傷吧？」

邱灩則冷冷看岳鐸一眼，「連護身咒都忘記了？」

岳鐸看看周圍的防護罩說：「喔，對厚。不過我就算施了，大概也會馬上被攻破。只有將軍有辦法施展這麼強的護身咒吧。」

邱灩說：「走吧。」

岳鐸忙問：「他怎麼辦？」他指著地上仍舊昏迷的獨眼。

邱壇說：「這裡不平靜，我送他下山。殿下先和將軍一起回去吧。」

岳鐸又說：「不行！山下還有鬼在作亂。我要把它們一網打盡。」

邱灩往山下一瞥，淡定地說：「我晚點處理。先護送殿下回去。」

岳鐸眼珠一轉，「交給妳處理，我當然安心，但是既然妳都來了，那我就不必急著走了啊。」他朝泉湖的方向邊走邊說，「山下好像打得很精采，我要觀戰一下。」

與此同時，邱灩察覺對面的山頭閃過一道人影。她定睛一看，嘴角微微勾起，「他也來了。」

邱壇問：「誰啊？」

「呂洞賓。」

遠在指南宮的呂洞賓見到邪氣沖天，還是忍不住趕來了地熱谷。他碰見湖邊有三個生人被惡鬼追殺，正要拔劍出手相幫，卻又猶豫了。

他幾百年來這麼認真斬妖除魔，可是卻被人一次次誤以為是鄭成功。自己的功勞不斷被人張冠李戴，讓他一直很不爽。

事實上，鄭成功生前在南部忙著打仗、籌備糧餉，哪有空降妖伏魔。中部以北作亂的妖鬼大多是他呂洞賓解決的，只不過大家見呂洞賓相貌出眾，便把他當成了以「英俊戰

神」出名、名聞遐邇的鄭成功。（註1）

「現在出手會不會又被誤認為鄭成功？但總不可能滅掉鬼以後，上前遞名片吧？」

呂洞賓思索之際，突然有個小孩的聲音出現：「哈囉。」

他低頭一看，是個大約六、七歲，一身穿著破爛如乞丐，卻長得很漂亮的小男孩。他的頭後同樣也有一圈光環，上圈又有五個小圓環，代表屬性是「文」仙。（註2）

「藍采和，你怎麼來了？」呂洞賓問他。

「當然是來催你出發啊！都什麼時候了，你怎麼還沒前往瑤池？說好了，這次輪到你幫我們七仙『代點名』了。」藍采和指著他的鼻子說，「你前面缺席太多屆蟠桃大會，已經被西王母盯上了。這次去要好好表現，聽到沒？」

呂洞賓一臉為難說：「不去行不行？我最討厭上課了。」

藍采和插腰說：「你該不會想要賴吧？」

「沒啊，只是我既不需要被封仙又不想位列仙班，去幹嘛啊。」

註1：根據連橫的《台灣通史》，鄭成功在台灣期間的兵力布署與統治區域約從彰化縣二林鎮至屏東縣佳冬鄉之間，鄭成功本人也未曾北上過。因此中部以北的伏妖傳說皆為後人的美好想像。

註2：八仙分別代表「男女老少、貧賤富貴」，藍采和代表「貧」。民間記載中，多為相貌俊美、神出鬼沒的小乞丐。

「難道我們其他七仙就需要嗎？聽經聞法對於修行也是大有幫助的。快走。」

呂洞賓又推託：「我有社交恐懼症。」

「我不管，反正你現在就出發！」

「等一下啦。」

藍采和一氣之下，搶過呂洞賓的寶劍就往山下一扔。寶劍隨即以拋物線墜落，插進了靠近岸邊的湖裡，激起圈圈漣漪。

「你幹什麼啊！不要以為你是小孩，我就不敢打你。」

「你根本就打不過我！」

呂洞賓心火一起，上前就與藍采和鬥了起來。

絨絨被飛頭突襲，先是往後撞到樹上，再摔落地。她的腦袋嗡嗡作響，好一會兒後才甩了甩頭，鼻腔一熱，再度流血。她抹去鼻血，眼神夾帶怒意地瞪著飛頭，「金蛇沖霄！」

數道金色火龍從地上竄出，同時襲向飛頭，飛頭敏捷地閃過幾道，被其中一道擊中後一度消失，但一眨眼又再度出現，依舊毫髮無傷。

絨絨知道自己沒辦法完全滅了他，只能盡可能防禦，立刻結起手印施六甲祕祝。數十片葉紙人從她口袋裡飛出，在她身前整齊地上下左右排列，形成一面點陣。

「陣列前行！」

剎那間，葉紙人與葉紙人之間亮起金線，將彼此串聯起來，形成縱橫交錯的金網。

飛頭低聲一笑，嘲諷地說：「我就喜歡看你們這些螞蟻做無謂的掙扎。」他收起笑容，雙眼瞪向絨絨，眼眶飄出更濃的白煙。

護身法網彷彿受到強烈撞擊，頓時朝內凹陷。絨絨不只感應到強大的衝擊力，還感覺內臟被烈火炙燒一般，痛得她神情扭曲、淚流滿面，雙膝跪倒在地，但雙手仍堅持結印。

飛頭裂嘴笑道：「快求饒啊！讓我看看妳惶恐、絕望的眼神。」

她抬頭看他，帶淚的眼睛中只有忿恨。那恨意好像想將他千刀萬剮。

飛頭揚了揚眉，第二波攻擊一發，絨絨瞬間靈力耗盡。她感覺內臟都被攪爛，當場七孔流血，痛苦地仰頭尖叫。

許樂天等人跑到一半，湖邊傳來一聲水花，接著是一陣金屬嗡鳴聲。那種嗡鳴聲很奇怪，聲音不大卻彷彿有種魔力，能穿透一切、進到他耳裡，像在呼喚著他。

他轉頭一瞥，瞧見不知哪來的劍驟現，直直插在湖裡。

「啊——」山坡上忽傳來尖叫聲，許樂天等人轉頭朝上方山坡看去，驚見絨絨臉上滿是鮮血。

許樂天驚呼：「絨絨！」他正要回身衝上山，就被羅震坤和楊志剛強行架住。

後方的神木支撐不住了，轉頭對他們說：「快跑啊！」

「放開我、放開我！」許樂天不知哪來的蠻力，大吼一聲便甩開兩人，轉身奔向湖中。羅震坤追上去抱住他，「回來！你不要命啦！」

傅薟轉頭一看，看出許樂天想要拿湖中那把劍，大喊：「快回去！那是呂洞賓的劍，你碰了可能會被電死！」

「放開我！」恍若未聞的許樂天將羅震坤用力甩開，將兩株樹苗放在地上，毫不猶豫地跳下水。他的雙腿一接觸到滾燙的泉水，頓時感到一股椎心刺骨的疼痛。

他奮力衝到劍旁，伸手抓住劍柄，使勁將它拔出湖底，劍尖一指天空，剎那間天際降下一道雷電，打在他身上！

「磅！」

許樂天渾身抽搐，整個人癱軟，倒進水裡，泉水將他的身軀燙得滋滋作響。

「天兵！」羅震坤在岸邊大吼，急得不知該如何是好。

水中的許樂天腦袋瞬間一片空白，耳中卻響起山神的聲音：「人都是未覺醒的……」

接著他腦海中出現好幾幕持劍操控雷電的畫面，陌生又熟悉。

「都是未覺醒的……」山神和綠芽的聲音疊合。

神。他心道。

他周身亮起獸紋白光，全身燙傷迅速癒合。沉在水中的他倏地睜開雙眼，瞳色變成閃電般的螢藍色，破水而出，懸在空中。頭後方倏地亮起一圈仙環，上頭有三支光簇。

電光石火之間，他明白了當日即將殞滅的山神竟用盡最後的法力賜福給他！當機緣到來時，若他有足夠的心念和勇氣，便能助他置之死地而「覺醒」。

他眼神溫柔地看向手中的劍，輕聲道：「震天，好久不見。」

劍身發出嗡嗡聲，像是在回應他。

儘管他現在只召喚回一成的神力和片段記憶，但對付眼前的惡鬼已綽綽有餘。他劍指天空，大喊道：「震驚百里！」

飛頭不可置信大叫：「不可能！凡人被雷劈了，怎麼可能沒死？又怎麼能拿起神仙的寶劍？」

絨絨見許樂天揮神劍的瞬間，心念意轉：世上最強大的東西，不是武力也不是知識，而是鋼鐵般堅定的心念；即使是凡人之軀，也能擁有、承載強大的力量。

剎那間，天空落下數道雷電，山谷震撼，湖水為之四濺噴發，方圓數百公尺都突然大停電，捷運新北投站也為之一暗。

雷電瞬間劈中了飛頭和絨絨，還有湖上的無頭身軀。飛頭鬼消失的剎那，倒在地上的絨絨額頭上，綠色的心宿印記一閃而逝。

傅薟扼腕叫道：「兩道雷還是有先後時間差啊，飛頭和無頭鬼都沒被真正消滅。」

整座地熱谷瞬間陷入一片伸手不見五指的漆黑，誰也看不見誰。

第二十章 燭龍之眼
第二十一章 覺醒
第二十二章 逆轉
第二十三章 石敢當
第二十四章 年獸

即使四周一片黑暗，能感應到熱度的蛇妖傅薟，還是馬上在活死人中「看到」藏身其中的飛頭眼窩裡特別高溫的北投石。

傅薟冷冷地說：「機關算盡，聰明反誤。」

他才變出黑金長杖，無頭鬼便在他背後出現，但他已經將長杖當作標槍、射向飛頭。而許樂天也隨即劍指無頭鬼，準備引雷將之擊斃。

長杖在空中分岔、化成雙頭蛇，蛇頭張開血口、露出獠牙，穿射過活死人群，不偏不倚地咬上飛頭的兩隻石頭眼。

「啊！有毒！」

飛頭痛得大叫時，身上冒出絲絲白煙的絨絨，突然一個躍起。

她被雷劈後不但沒死，反而置之死地而後生，升上第四階「薄雲」；她的第二層內丹也被修復，等於夜鷺精傳承給她的風術功力已恢復到十成。

正當許樂天以雷霆萬鈞之力將無頭鬼斬成兩半的瞬間，絨絨亦尋聲甩火鞭擊向飛頭，與他極有默契地同時殲滅兩者，毫秒不差。無頭鬼背上的包袱頓時也隨之落湖，在水面上載浮載沉。

天上的明月、星辰再度亮起，地熱谷裡外的路燈光線也恢復正常。

首腦一被擊殺，不論是鬼群還是活死人群都士氣一潰，開始鳥獸散。

絨絨累得癱坐在地，許樂天閃身出現在她身邊，著急地抱住她問：「妳沒事吧？」

絨絨搖頭，指著櫻子說：「她身上有北投石。」

櫻子自知不敵如今的許樂天，轉身就逃。但是她才跑沒幾步，旁邊的樹木就被雷擊倒，將她壓在地上、爬不起來。她驚慌失措之下靈魂出竅，將宋白石的肉身留在原地。

絨絨想起傅薇的真身是無毒的金絲蛇，他方才和樹人一樣，都是用非自身的毒攻敵。她心想：有什麼辦法能把這些奪舍的鬼全都逼出肉身？總不能都放火燒他們吧？萬一有人身上沒有北投石，那不就完蛋了。

許樂天過去將壓在宋白石身上的樹木推開，在她口袋中找到北投石，將它丟給絨絨療傷。

許樂天一轉身離開，躲在暗處的櫻子乘機想再上身時，地上的宋白石卻搶先一步醒來了。櫻子只是直接穿過她的身體，無法再上身。

絨絨嘴角一勾，「亥時已過。如果我沒猜錯的話，亥時才是『完全奪舍』最好的時機，對吧？妳前面還來不及滅掉她全部的魂。現在想再奪舍，已沒有護元根和北投石輔助了。」

只見櫻子臉色一變，絨絨就知道自己猜對了。她緩緩站起身，冷冷地說：「這一局，從現在開始逆轉。」

絨絨雙目轉綠，額頭閃現綠色三角星芒，低聲說：「一葉障目！」此幻術使谷中所有活死人都彷彿失明般，突然什麼都看不到。活死人們一邊高喊著「看不見」，一邊橫衝直撞。

傅薮看出絨絨的用意，用剩餘的法力再次使大地震動。這下，活死人群裡的鬼魂全都嚇得出竅、四散逃逸。櫻子不甘主人多年的謀畫化為烏有，立刻撿起水中包袱，打算幫主人收走所有肉身後再逃之夭夭。

櫻子一打開袋口，谷中頓時出現一股強大的風壓，將活死人的肉身一一吸進袋中，就連羅震坤、楊志剛、宋白石和傅薮等人也不例外。

許樂天見同伴都被吸了進去，正要舉劍阻止櫻子，就被絨絨攔住。

眼下除了她和許樂天以外，谷中都是魂魄，絨絨便露齒一笑，說道：「真是聰明反被聰明誤。」她對許樂天說，「麗麗教過我，打雷閃電後，空氣中會有一股味道，那是臭氧。而我記得……臭氧是助燃物。」

許樂天還沒反應過來，方才入湖之後就一直潛伏在水中的角鬼們陡然破水而出，直朝櫻子而去，似乎是要護住她與其他鬼魂。

當角鬼們跑到櫻子前方時，絨絨雙眼轉綠，朝眾鬼伸手，發動火術與風術：「流火萬里！」

數道金色火龍帶著千軍萬馬的氣勢，轟然襲向前方的櫻子以及成千上百的惡鬼。三昧真火所到之處，與空氣中的臭氧發生反應，產生威力更強大的連環氣爆，瞬間殲滅九成惡鬼，而爆炸產生的高溫氣浪使得泉湖蒸發掉一半！

方才山頂上的呂洞賓和藍采和打到一半，就看到許樂天被雷給劈死，嚇得兩仙大驚失色。緊接著，湖中的許樂天突然周身散發獸形白光，又復活了過來。

藍采和原本以為呂洞賓會掐住他的脖子責罵：「都是你幹的好事！」

沒想到呂洞賓反而冷靜下來，一本正經地問藍采和：「為什麼許樂天叫我的劍『震天』？它明明叫『天威』啊。」

「你看你，平常總翹課，現在什麼都不知道了吧。」藍采和反問呂洞賓，「你要驚嚇的應該是，許樂天為什麼『碰得到』你的劍吧！」

呂洞賓的法器是雷霆之劍，屬於玉皇大帝欽賜的神器。凡人拿不到，妖鬼碰了會馬上魂魄俱滅。就算其他神仙拿得起劍，也無法施展雷霆之力。唯有雷部的神仙和神劍本身認可的仙人，才能使用。

是以呂洞賓掐指一算，竟發現許樂天此生的命格比「殺破狼」還凶！那可是道士之命，不僅無緣配到紅線，還注定孤身終老。但就算是命格夠凶、夠硬，頂多只能與妖鬼一類長期共處而無損，並且不會傷害到汲取日華、習正道的妖鬼，完全不可能足以動用神劍啊。

呂洞賓想破頭都想不明白，急催藍采和：「知道就快說。賣什麼關子。」

「你那把劍是玉帝賜給你時，順口改名『天威』的，原本就是叫『震天』。」

「那個凡人又是怎麼知道這些的？」

「我看哪，他八成就是震天劍原本的主人，覺醒的時候認出手上的是自己的劍。」

「不會這麼巧吧？那他是什麼神仙？」

「我怎麼知道？我只知道那把劍本來的名字叫震天而已。」

兩仙越說越好奇，便同時開啟法眼，想看清許樂天的來歷。沒想到，兩仙只見到更加刺眼、奪目的獸紋白光。

這個凡人的身世，居然連神仙也無法窺看！

另一頭山頂，邱灩、岳鐸和邱壇一見到絨絨，便認出她是當年流落在外的赤狐白子。

邱灩見絨絨無師自通煉出藏經環第五圈，相當於仙級的三昧金火，還將火鞭甩得出神入化，欣慰地露出一抹微笑，「赤狐白子，注定不凡。」

邱壇則吃驚地說：「才短短二十幾年，那個白子就已經和我一樣是半人半妖了，而且還晉升到薄雲階！」

邱灩沒好氣地說：「還不是你硬要堅持等殿下成仙才轉生。」

邱壇擔心自己徹底轉生成人，法力變弱的空檔會無法保護岳鐸，所以堅持維持半人半妖的狀態。

岳鐸說：「關我什麼事，是他自己升不上破霞階的。」他又對邱壇說，「你要是升上了，就算完全轉生成人，法力也不會減弱。」

邱壇低頭，「是屬下無能。」

邱灩看不下去，替邱壇說話：「他還不是怕升上了破霞階，就比殿下的境界更高。到時候，丟臉的只會是殿下。」

岳鐸自知理虧，又拉不下臉承認自己練功不專心，便冷哼一聲，表明不願再多談，目光再次回到絨絨身上。

他見她施展三味金火、大殺四方，對她的機智、力量和膽識印象深刻，好感油然而生，便說：「這個白子有意思，我喜歡。」

邱灩看出花心的岳鐸又動了心，蹙眉不悅，「整天只想那些風花雪月，難怪遲遲成不了仙。」

岳鐸心虛地回嘴：「我哪有。」接著又使喚邱壇，「快找人手來善後啊。現在地熱谷一片混亂耶。」

「是。」邱壇說完人便消失。

邱灩見到許樂天覺醒、施展神威，反而臉色變得陰沉，冷不防揪住岳鐸的後領說：「我們該回去了。」

岳鐸說：「幹什麼？放肆！我是王子耶。放手喔！」

邱灩冷回：「我是殿下的老師。」語音未歇，兩人已同時消失在山頂上。

絨絨滅掉櫻子和大部分的惡鬼群後，僥倖逃過的幾隻惡鬼馬上逃得不見蹤影。絨絨不打算追，轉而開始尋找猴精們，許樂天則去找羅震坤和楊志剛的魂魄。

與此同時，山頂上的呂洞賓推藍采和一把，「快去把包袱裡的人給放出來，該歸位的歸位。然後找塊石頭，重封石敢當。」

「憑什麼聽你的啊。」藍采和雖口中不滿，卻還是照做不誤。

地熱谷步道上瞬間堆滿了五百多人，有些人已經沒了氣息。

在許樂天的幫助下，羅震坤和楊志剛的魂魄很快就順利歸位。他們也找到了宋白石，並助她歸位、醒來。但他們三人都不知道該怎麼處理現場眾人。

這五百多人雖然每人身上都有一小塊北投石，身上的外傷也全都癒合，連點疤都沒有。但他們之前被完全奪舍，原來的魂魄都被滅盡，如今的狀態就跟植物人一樣。

楊志剛摸了摸鬍碴，對宋白石和羅震坤說：「全以『硫化氫中毒』結案？」

宋白石還在發愣，羅震坤已嘆道：「這麼多人，我看今晚是不用睡了。」

「去你的，我快累死了。」楊志剛就地躺下來，以雙手枕頭，「除非天崩地裂，不然早上九點前不要叫我。」說完便自顧自地閉上眼。

絨絨終於找到受了重傷的神木和紅面，唯獨不見獨眼。就在她懷疑自己方才不小心滅了獨眼時，他突然再次出現。

「老大！」

絨絨轉身一看，她與神木和紅面都呆住了。只見獨眼的一邊眼罩不見了，取而代之的是一隻金黃瞳孔的眼珠。

神木驚問獨眼：「你的眼睛……？」

獨眼正要說話，金瞳忽然一陣刺痛。緊接著周圍的環境變換，所有人瞬間來到距離地熱谷不遠處的硫磺谷，但卻是——幾百年前的硫磺谷。

第二十一章　覺醒

第二十二章　逆轉

第二十三章　石敢當

第二十四章　年獸

第二十五章　戲月玦

月夜下，山中小徑點點火光，一個約莫二、三十人的商隊舉著火把徐徐前行。除了領頭者以外，其他人皆穿著短褐（註1）、草鞋，背著載滿貨物的竹簍，風塵僕僕地來到此地。領頭的商人身材高大，絨絨等人一眼就從他的面貌與裝束認出，他就是飛頭鬼。

當時的他雖滿頭大汗，但神采飛揚，眼神中充滿光彩與自信。他走到一半，轉身對其他人喊道：「撐著點，就快到了。做完這筆硫磺買賣，大家都可以過個好年了。」

沒想到，這時天空落下了無數飛箭，商隊措手不及，一下子就傷亡慘重。領頭的商人雙腿同時中箭，正想爬到一旁的樹後躲藏，一群凱達格蘭族人突然從後方樹林裡衝出，手持利刃將夥計們一一斬殺。

領頭的商人這才意識到他們遇到凱達格蘭族出草了（註2）。他雙手合十，苦苦求情：「不要啊，住手啊！拜託放過我們，我們都還有妻子、小孩啊。」

然而部落出草，插青紅旗飄揚之方位，逢外人必殺。領頭的商人苦苦磕頭哀求到一半，對方一個手起刀落，他便身首分離。須臾之間，整個商隊全被馘首，無人生還。

註1：古代勞動工作者常穿一種上衣、下褲組成、方便勞動的服飾。
註2：古代北投為凱達格蘭族的領地，許多漢人冒險前來，以貨物與凱達格蘭族交換硫磺、鹿皮，謀取暴利。若遇部落之間械鬥或出草，來不及逃或被誤殺的漢人則多淪為刀下亡魂。清領時期之後，凱達格蘭族出草不再取外人首級，僅以獸骨祭拜。

而領頭的商人，也從此成為無頭商人。

獨眼的金瞳一閃，周遭的場景又變了。

同樣是夜晚，荒涼的山路上，三個身穿日式服裝的男人們提燈結伴而行。他們邊快步行走，邊左顧右盼，似乎十分緊張害怕。

這時前方突然出現一群人，他們面目陰沉，裝束混雜，有的身穿漢族古裝，有的身穿凱達格蘭族的服飾，還有的穿日式浴衣。

無頭商人從人群中走出，指著三人說：「今晚就拿他們試吧。」

而三人當中，提燈的人率先發現前方那群人都沒有腳，大叫一聲，轉頭就跑。

場景一換，山腳下，方才那三個日本男人動作僵硬地走向一座石碑，合力推倒它。石碑落地的瞬間，上頭以赤色硃砂寫成的「石敢當（註3）」三字，登時四分五裂。

這時三鬼憑空出現，花子和櫻子分別站在無頭商人左右。花子對無頭商人說：「從此以後，鎮上也是我們的地盤了。」

櫻子說：「以後即使是白天也能現身了。」

無頭商人說：「不，從今天開始，我們要更加低調。」

「是。」花子、櫻子和三個日本男人對無頭商人鞠躬齊說。

天光突然大亮，場景又轉回硫礦谷一帶。一個長相清麗、綁著馬尾的年輕女人，背著背包、倚著登山杖步行上山。

絨絨一眼就認出她，「那是麗麗！」

接下來的經過與麗麗在台大醫院站告訴絨絨、許樂天的一樣，櫻子現身滅了她的覺魂，主魂逃脫，只剩生魂受櫻子控制。

接著櫻子利用麗麗的美貌，在北投公園裡施美人計騙走了軍艦岩的前身，也就是豬哥石化成的「豬哥精」大部分的法力。原本化身為花美男的豬哥精，人頭一瞬間變回豬頭，嚇壞在場路人。豬哥精不願被人見到真面目，倉皇逃離，從此不敢再回北投。從那晚開始之後，北投公園就有了鬼出沒的謠言。

獨眼的金瞳光芒一暗，所有人都回到地熱谷。

獨眼摀著眼窩說：「這義眼真不好控制。」

許樂天驚嘆：「你的義眼好神奇。像是投影機一樣，而且還是全息投影。在哪買的？多少錢？」

而山頂上的呂洞賓終於認出絨絨正是他的狐狸孫女，連忙現身在絨絨面前，關心地

註3：「石敢當」的傳說眾說紛紜，最早的典籍紀載於漢朝。相傳泰山有石精，化身成人專門降妖伏魔、保護百姓，而後封神。神威無處不及，只要在石碑上寫「石敢當」三字，即擁有鎮煞擋災之力。目前臺灣最大的石敢當是「西螺泰山石敢當」。

問：「妳沒事吧？」

絨絨訝異地說：「爺爺！你怎麼在這裡？」接著質疑，「你該不會剛才就在這吧？」

呂洞賓一時語塞，心想：總不能跟孫女承認，我剛才和藍采和為了雞毛蒜皮的小事又打又鬧，又為了探聽許樂天八卦，所以遲遲沒出手救人吧。

正當他心虛地眼神亂飄時，許樂天已柔聲問絨絨：「妳身上的傷都好了嗎？」

絨絨馬上被轉移注意力，對他點頭微笑。

呂洞賓看出兩人都對彼此動了真情，心裡便開始猶豫。

其實世人都誤解了呂洞賓，他並不是如傳說一般見不得情侶好、老是惡意拆散情侶的單身狗。事實上，他與月老還是好友呢。

由於爛桃花會影響月老紅線的效力，導致月老促成良緣的業績不達標，所以呂洞賓出於好心，才路見爛桃花就順手給斬了。那些造謠的人真的都是「狗咬呂洞賓，不識好人心」。

一般來說，人鬼戀、人妖戀有違天道，是不被允許的。但許樂天命格過硬，沒被配到紅線，要是錯過絨絨，這輩子就真的要孤身終老了。

於是呂洞賓試探地對許樂天說：「那個，愛護動物、人妖友好是好事啦，但是這段緣分會影響紅線的作用，可能會讓你沒機會遇到正桃花喔。」

許樂天堅定不移地看向絨絨，「我只喜歡絨絨，這輩子只想和絨絨在一起。」

「算你有眼光。」絨絨開心地牽起許樂天的手，與他相視而笑。

「喔，那好吧。」呂洞賓知道他說的是真心話，便放下心來。

絨絨看向許樂天手上那把劍問：「這是怎麼回事？」

「呃……之後再慢慢跟妳說吧。」許樂天欲言又止。

「現在它是我呂洞賓的『天威劍』。」呂洞賓對許樂天招手，要他把劍還來。

「喔，抱歉。」許樂天雙手奉上，「你就是呂洞賓啊？」

沒想到劍卻似重如千斤，呂洞賓竟單手、雙手都拿不動它，還發覺它好像不願意離開許樂天。

尷尬的呂洞賓只好為自己找台階下，輕咳一聲，對許樂天說：「啊！我忽然想到，既然你能掌握它，必定是命運使然，可見人間還有事要由你來了結。我現在得馬上出發去參加蟠桃大會，要是我離開後又有妖鬼作亂，你就出手解決吧。」說完便將劍變成雷射筆，讓許樂天收起來。

傅薊這時才幽幽醒來，絨絨看到他一起身就往山上跑，才想起麗麗，連忙跟了上去。

他們將樹幹挖開、把麗麗拉出來時，赫然發現她的肉身已被黃色毛線般的菟絲子（註4）給纏繞成一團。

絨絨正要將菟絲子撥開時，被呂洞賓一把抓住、制止：「等一下。這菟絲子上頭附著強烈的怨念，恐怕肉體已……」

他嘆了一口氣，朝麗麗一揮手，菟絲子立刻全數消失。眾人才發現麗麗的肉身已被菟絲子鑽出了密密麻麻的破洞，除了頭部以外，竟無一處完好。而麗麗嘴唇發白，早已沒了氣息。

傅葳見到這番慘狀，登時跪倒在地。

絨絨怒吼：「到底是誰幹的？」她環顧四周，方才那些惡鬼早就跑光了，她想算帳都找不到兇手，忍不住放聲大哭起來。

許樂天上前抱住絨絨，一邊安撫她一邊問呂洞賓：「怎麼辦？北投石會有用嗎？」接著把羅震坤叫來。

羅震坤過來看過後，一臉惋惜，「從剛才的經歷來說，北投石的輻射線可以用來殺人，或許也可以刺激身體進行自癒修復，但前提是……」他說到一半，欲言又止。

傅葳起身抓住他，急問：「快說啊。」

「前提是人還活著啊。」

楊志剛和宋白石也過來了。兩人見到麗麗的慘狀都於心不忍，楊志剛又掏出菸來抽，宋白石則是靜默不語。

傅薟眼神狂亂，難以置信地說：「不會的不會的，人死了細胞也不會馬上全部死亡。一定還有救。」

絨絨在一旁猛點頭，將身上的北投石放在麗麗身上。

羅震坤勸道：「還是趕快送她去醫院吧。至少還可以保存——」他說到一半，就被許樂天摀住了嘴。

楊志剛忽然開口：「我看也不必送醫院了。救回來，她的身體也已經千瘡百孔。活著反而是一種悲哀。」

許樂天向他射去譴責的眼神，他攤手又說：「總是要有人當壞人、說實話的。」

宋白石則說：「沒辦法問她本人的意見嗎？我剛才看到的不是幻覺吧。這世上真的有鬼，對吧？她的魂魄呢？」

「對。」絨絨連忙擦掉眼淚，急問傅薟，「她的主魂在哪？」

「我把她藏在我的內丹裡。」傅薟一摸胸口，麗麗的主魂便現身了。

絨絨撲向麗麗，緊緊抱住她。

註4：菟絲子是一種生命力旺盛的爬藤植物。由於會寄生在其他植物上、吸取養分，又會傳播植物病毒，被視為是植物殺手、植物界的吸血鬼。

麗麗拍拍她的背說：「我都已經知道了。我在他的內丹裡可以感知外界，只是沒辦法讓你們聽到我的聲音。辛苦你們了。」

麗麗看向自己的身體，出奇平靜地說：「不需要急救了。我死了二十幾年，就算復活，可能也無法融入社會。」她又看向絨絨，溫柔地說，「妳替我好好活下去就行了。」

傅薂說：「妳不需要融入。我可以照顧妳。」

絨絨說：「等等，要照顧也是我照顧。你跟麗麗又不熟，憑什麼照顧她。」

麗麗竟說：「不，我想跟老師在一起。」說完，她含情脈脈地看向傅薂。

絨絨大吃一驚，「什麼？妳喜歡上他了？這麼快？」

麗麗一解釋，絨絨才知道，原來麗麗生前也暗戀他，只是因為對方是老師，彼此身分有別，所以一直不敢向他告白。現在她已清楚他的心意，自然是不願意錯過了。

絨絨不太懂人情世故，無法理解「暗戀」這個概念，奇怪地問：「喜歡他又不是要暗算他，為什麼不能說？」

北投石並未使麗麗肉身有絲毫變化，但傅薂還是不願放棄。他向呂洞賓懇求：「拜託呂仙救救麗麗。她命不該絕啊。」

呂洞賓掐指一算，得知毛麗麗有累世福報，此生壽命綿長，確實不該如此枉死。他對傅薂說：「我無法根治她的肉身，只能施法暫時讓它不腐。」

此時，藍采和突然出現在呂洞賓身邊，呂洞賓將藍采和手上的包袱遞給傅薊，「你先顧好它，我立刻去瑤池。趁這次蟠桃大會、各路神仙出席，打聽看看有沒有辦法救毛麗麗。」又暗自心想，順便打聽許樂天的身世。

話一說完，兩仙對望一眼，便同時消失。

傅薊用無頭商人的包袱收好麗麗的肉身，在帶麗麗的主魂離去前，轉頭問絨絨：「妳還想轉生成人嗎？」

「當然。」

傅薊變出一支白玉手鐲般的物品，遞給絨絨。絨絨接過來一看，那手鐲質地冰涼瑩潤，散發著月亮般柔和的光輝。其厚度並不均勻，最細的地方有一道缺口，整體看起來有點像新月。

絨絨眼珠一轉，「這該不會就是……」

「第二個轉生祕寶——戲月玦。」傅薊說，「它就藏在台大的醉月湖底，傳說是以月球隕石打造的。我原本是想等找到麗麗後，自己轉生成人再用。但既然麗麗現在……我想我暫時用不到，就先給妳吧。」

絨絨與許樂天互看一眼，齊聲向傅薊道謝。

傅薊又說：「先別急著謝我。戲月玦之所以叫『玦』，而不是『環』，就是因為它有缺口，要補齊才能發揮作用。」

麗麗替絨絨提問：「缺角要怎麼補呢？」

傅蔹道行已高，看出許樂天福澤深厚，便對他說：「農曆年前的新月，第二次退潮前，你一個人在捷運紅樹林站後面的濕地等候，之後順其自然即可。」

許樂天疑惑地問：「等什麼？」

傅蔹說：「到時候就知道了。記住，你必須單獨前去。如果是你的話，應該可以得償所願吧。」

第二十二章 逆轉

第二十三章 石敢當

第二十四章 年獸

第二十五章 戲月玦

農曆十二月初一，伴隨著溫柔的斜陽，一列鐵灰色的捷運搖搖晃晃地順著高架軌道往北方行駛，過了許久才抵達淡水線的倒數第二站──紅樹林。

許樂天拿起背包，努力在擁擠的車廂中移向車門，不停向其他乘客說：「不好意思、對不起。對不起，借過。不好意思。」總算趕在車門關前擠下車。

雖然快要到下班尖峰時間，但紅樹林站內、站外的行人都很少。

許樂天一出站就感到一陣寒風颳來，縮了縮脖子，便沿河岸線鋪設的自行車道而行。沒多久，他就看到另一條深入紅樹林保護區的生態小徑，再沿著小徑棧道深入濕地。

周圍的紅樹林中，有些水筆仔已經由綠轉褐，濕地上有些已成熟落下的水筆仔，它們直直插進招潮蟹的洞裡，就地生根發芽，形成互利共生的生態圈。

退潮期間，黃澄澄的陽光下，超級迷你的招潮蟹從好幾個小洞中進進出出，有的彼此遇到，還會舉起大得不成比例的螯打架。

他看了心想：年輕人真是血氣方剛啊。

當他再抬頭時，河口那抹夕陽正在染紅天際，這時他才留意到這片紅樹林綿延不見盡頭。

「啊糟糕，這片濕地很大耶。到底要在哪裡等？還有，傅薟到底要我等什麼？」

萬紫千紅的霞光在冬季時消逝得特別快，轉眼天空一變深沉，夜幕隨之落下。

棧道是沒有路燈的，但是外面自行車道有設置。光線勉強能夠在紅樹林間穿梭前行，許樂天放眼望去，周圍一個人也沒有，寒風颼颼，颳起一陣沙沙怪聲。

許樂天怎麼想都覺得不妥，這邊收訊又不好。正當他打開事先準備好的手電筒，決定先走回紅樹林站、打電話向傅薇問清楚時，水邊突然發出「啵啵啵」的冒泡聲。

他手電筒往水邊一照，隱約看到有隻黑貓浮出水面，緩緩上了岸。

他以前看過貓狗游泳，但都是頭浮在水面上、狗爬式的游法，從來沒看過整隻潛進水裡的。

出於好奇，許樂天走下棧道階梯，湊近一看。他發現眼前的東西根本不是黑貓，只是體型跟貓很像而已。

牠的頭大得不成比例，幾乎快跟小小的軀幹一樣大，看上去跟哆啦A夢一樣。頭上頂著一對分叉的V型角，臉很像沒有皺紋的巴哥犬，只是雙目更大，四顆虎牙也特別大。除了四腳和尾巴是墨綠色的以外，全身幾乎都是深褐色。最讓許樂天驚奇的是，牠雖然是從水裡上岸，尾巴末端那團紅火居然還在熊熊燃燒。

「呃，」許樂天怪叫一聲，「怎麼有長角啊？」

「當然。」牠甩甩濕搭搭的紅鬃毛，以和可愛外表毫不相稱的低沉嗓音說，「因為我成年了嘛。」

接著，牠像哆啦A夢一樣站起來，用後腳走路，特別短小的前腳從手提袋裡掏出太陽眼鏡戴上，一步步走上棧道。

許樂天看得目瞪口呆，足足兩秒過後才問：「你……你應該不是什麼鬼怪，是MIB吧？」

「MIB是什麼東西？我是『年』。」牠挺胸說。

「年？你是說年獸！」許樂天震驚地說，「怎麼那麼迷你？」

年獸聽了肩膀頓時垮下，好像感到很沒面子。牠說：「我才三百歲，當然小隻啊。等到我五百歲的時候，就可以跟牛一樣大了。」

「那你幹嘛晚上戴墨鏡，你瞎啦？」

「呸呸呸！你才瞎了咧。」年獸生氣地抬起一隻短小的前腳戳許樂天的小腿，「我們是眼睛敏感，燈光對我們來說太刺眼了啦。亮紅色也很討厭，像海底火山一樣，看了眼睛就很不舒服。」

牠突然變成男人模樣，樣子卻變得更突兀：五官粗曠，一頭及腰的紅棕色長髮，全身發綠、體魄強壯，像cosplay小時候的電玩遊戲「快打旋風」裡的角色布蘭卡。

許樂天趕快將羽絨外套脫下來給牠穿。牠豪邁地揮手拒絕：「不用啦，我們住深海的沒在怕冷的。」

「不是，你沒穿衣服啊。」

「無所謂，也不是每個人都跟你一樣看得到我。」

「快點圍起來啊！」許樂天難得強硬，「我不想看到你的裸體。」

「為什麼？我身材這麼好。」年獸雖不解，還是乖乖用外套遮住重要部位。

年獸告訴許樂天，牠們長年深居海底，三百歲的時候，必須通過陸地生存考驗，才能被視為真正的「成年」。而所謂的「陸地生存考驗」，就是上岸到人類的世界採年貨，像牠現在就是要從紅樹林走到淡水老街去採東西。

許樂天想想覺得不對，就說：「不只是採買年貨吧？我記得傳說都說，年獸是性情凶猛、危害人間的怪物耶。」

「亂講！我們只是嗓門大了點而已。」年獸辯駁。

「嗓門大？可是你們不是怕鞭炮聲嗎？這樣應該也是聽力跟視力都很敏銳才對，怎麼還會發出很大的聲響？」

「我也不知道。我們平常講話都不覺得彼此大聲啊，只有你們人類覺得我們很吵、很凶。但是放鞭炮那麼刺耳，你們反而不覺得吵。」

許樂天心想：可能是人跟年獸能感知到的音頻範圍不同吧？可是……還是不對啊。

他又問年獸：「不是吧，我記得傳說還有年獸吃牲畜、吃人耶，不只是大嗓門。」

「就吃那麼一次而已。」年獸激動地說，「我們後來都沒有再吃了。」

「內疚了？」

「不是啦，是因為很難吃。而且吃人的那位回海裡後就中毒暴斃了。」

「呃……」許樂天不知道該說什麼好。

年獸繼續抱怨：「可是聽說，你們還是每次看到我們祖先就趕牠們走。還好我們後來學會控制音量又學會隱身，大部分的人都看不到我們，而且現代人也不會在晚上放鞭炮嚇我們了。」

許樂天知道自己能看到年獸是因為有陰陽眼的關係，但這麼一來，又有新的疑問了。他說：「不對啊，你說一般人看不到你，那你怎麼採買年貨？」

「我沒說採買啊。我從頭到尾都說『採』年貨。」

「夭壽喔，偷東西喔？」

「沒辦法啊，我們那裡都只用貝殼買東西嘛。相逢就是有緣，既然我們遇到了，」年獸拉下太陽眼鏡，無辜地眨眨眼，對許樂天發動眼波攻勢，「你就幫幫我吧。」

「你這個樣子就不要裝可愛了，很噁心。」許樂天嘆了口氣，心想傅葳要我等的會不會就是年獸？就算不是，年獸從深海上岸一趟也不容易，還是幫幫忙吧。

於是他對年獸說：「我盡量幫吧。你這次來，打算帶什麼東西回去？」

「甜粿和太陽眼鏡。便宜的就好。」

雖然年獸戴了太陽眼鏡，但捷運站的燈光對他來說還是太過刺眼。

許樂天想著淡水站離紅樹林站也不遠，還是走路過去好了。

兩人用手電筒照路，有一搭沒一搭地邊聊邊走，果然十幾分鐘就走到了淡水老街。

許樂天自掏腰包幫年獸買到了甜粿和太陽眼鏡，又怕年獸肚子餓，再買了炭烤臭豆腐和花枝丸給年獸。

回程的路上，滿載而歸的年獸一邊吃臭豆腐，一邊雀躍地跳起電流舞。

許樂天邊吃花枝丸邊問：「這麼開心啊。你很喜歡吃甜粿？」

「不是啊，是我那些寶貝女兒喜歡吃。」

「啊？女兒？」

「對啊。我還有七十五個兒子。他們一直吵著要我幫他們買switch，但是買回家也沒辦法玩。」

「你……」許樂天差點被花枝丸給噎到，硬吞下去之後才說，「你不是才剛成年嗎？」

「對啊，我一百零五歲的時候就結婚生小孩了，等到成年以後，孩子都大了，再來建功立業嘛。你們這裡不是也有句話『先齊家治國，而後平天下』嗎？一樣的道理。」

「喔……」許樂天說話的語氣有點惆悵。他心想：不知道絨絨願不願意嫁給我？

「怎麼？嫉妒啊？」年獸一邊拍許樂天的肩膀，一邊猖狂地笑，「哈哈哈哈哈——」

許樂天忍住想電年獸的衝動，皺眉說：「我開始後悔幫你了。」

年獸以為他連女朋友都沒有，便提議：「要不然這樣吧，我看你這人還算老實，明年過年前，我把我女兒介紹給你認識認識。」他一挺胸，「怎麼樣？兄弟我夠仗義了吧。最美的女兒喔！」

許樂天心裡有氣，說話也不好聽了，「我才不信。年獸能美成什麼樣？」

年獸沒察覺他的酸言酸語，神情驕傲地說：「美得冒泡喔。眼睛長在兩邊，像彈塗魚那樣咧。」

「不必了。我有喜歡的人了。」

這時兩人已回到年獸上岸的地方，彎刀般的新月露出樹梢。

年獸對許樂天說：「這次任務能圓滿完成，都要多虧你。我得送你個寶貝當謝禮。」他突然拔下一顆牙齒，硬塞給許樂天，「別客氣別客氣，相逢就是有緣。」

許樂天看著手中黏呼呼的獸牙，頓時傻住了。等到他回過神來，年獸早已消失，只剩他一人站在黑漆漆的濕地上。

第二十三章　石敢當

第二十四章　年獸

第二十五章　戲月玦

農曆十二月十五，即將午夜的天空，圓月當中。

絨絨、許樂天、麗麗和傅薂正在紅樹林站外的濕地上，一深一淺地行走。

月光灑遍大地，將河口的樹林照得靜謐幽然。一行人來到年獸上岸的位置時，一列捷運正好駛過他們背後的高架軌道。

寒冬下水，絨絨將厚重的外套脫掉，露出一身潛水防寒衣。此番歷劫，她不打算浪費靈力在維持肉身體溫上。接著她將手機關機、放進防水袋裡，將它掛在脖子上、塞進潛水衣裡。之所以把手機帶在身上，是因為她不知歷劫需要多久，亦不知若是歷劫成功，自己是否還有靈力回去找許樂天，若是手機在身邊，起碼還能用它聯繫他。再者，手機是許樂天送她的第一個也是唯一一個禮物，如果她歷劫不成，也希望在灰飛煙滅之際，能有許樂天送她的東西在身邊。

傅薂對絨絨說：「轉生需要歷三次天劫。第一次是用驚雷珠引雷劫，我猜這次是用戲月玦引發重力。」

許樂天說：「我也有想到這個可能。但是我查過這個河段，淡水出海口因為嚴重泥沙淤積，漲潮也才四公尺深（註1），水壓似乎不能稱作『天劫』啊。」

註1：淡水潮汐資訊之參考來源為中央氣象局發布的《潮汐表》。

面對未知的劫難，絨絨心中忐忑萬分，卻故作鎮定地說：「既然是這樣，那就沒什麼好擔心的。」

麗麗憂心忡忡地問絨絨：「一定要轉生嗎？妳的狐狸耳朵和尾巴很久沒冒出來了，現在已經看起來和人類一樣了啊。」

絨絨想起花子和櫻子說自己是雜種的畫面，回道：「一定要。」語氣和眼神一樣無比堅定。

麗麗嘆了一口氣，牽起絨絨的雙手說：「那妳千萬要小心，不要逞強。平安最重要，知道嗎？」

「妳又瞎操心了。我一定可以的。」絨絨轉頭對許樂天說，「等我回來。」

許樂天嚴肅地點頭說：「妳要是下水三分鐘還沒上來，我就下去找妳。」

絨絨翻了翻白眼，「別鬧了。」

許樂天皺眉，「我是認真的。我現在有能力可以保護妳了。」

傅薇打斷兩人對話，「漲潮了。去吧。」

絨絨戴上潛水鏡，慢慢下水。當整個人浸到水裡時，她的腳攪動起河底的泥沙和垃圾，差點被廢棄的漁網給纏住。

水中能見度很差，她在幾乎摸黑的狀態下，拿出戲月玦和年獸牙齒，摸索著將牙齒嵌入戲月玦的缺口。

戲月玦閃了一下白光，令她瞬間感到一股極為強大的拉力。當拉力停止時，她發現自己已處在完全陌生的水域。

這裡的光線微弱，但水質較乾淨。她周邊游過一波波魚群，甚至是螢光水母時，才發覺自己身在海裡。

她正困惑不已，忽然一股強大的水流將她猛往深海灌。

周圍不再有光亮，漆黑之中，她不知道自己到底到了多深，但耳膜和胸口開始疼痛。

她震驚地心想：原來水可以這麼重！

又一波水流將她往下壓，她被擠出一大口氣，潛水鏡和胸口的手機螢幕頓時碎裂。她才將它們拋掉，又來一波。

她感覺肺被壓扁，就快要沒氣了。黑暗之中，她忽然感覺被人抱住。儘管什麼也看不到，但她就是知道，抱她的人是許樂天。

她心道：「你來幹嘛？」

腦中隨即出現許樂天的聲音：「我替妳擋。」

縱使她已經沒氣，死心眼的她仍不願放棄。她使出全力將他往上推，心中怒道：「滾！我的劫我自己歷，何必別人來擋！」

緊接著又一波水流壓向她。她的鼻孔和耳朵開始出血，感覺自己的內臟和骨頭都快被壓爆。

一切發生得太快，她甚至還來不及感到害怕或絕望，劇烈的疼痛已使她的意識開始渙散。

隨後，她感到水流的方向改變了，一股渦流猛然將她拉進巨大的深海漩渦裡。她不停撞到漩渦周圍的崎嶇礁岩，全身都被強烈的力道撞擊、拉扯，即將四分五裂。然而疼痛感卻逐漸消失，意識也越來越模糊。

絕對的寂靜之中，她的心跳停止了。

即將彌留之際，櫻子的聲音出現了：「真是一隻有情有義的雜種。」

花子說：「妳現在不過是半人半妖的雜種。」

接著一幕幕畫面在腦海中閃現：

文湖線捷運上，少年時的岳鐸對兒時的她說：「妳跟上來幹嘛？野種，妳是怎麼成妖的啊？」

她握拳，不服氣地說：「只要我修煉成很強的妖，到時候我想上山，你們誰也攔不住。」

麗麗摸摸她的頭說：「我不知道他們為什麼拋棄妳，我只知道妳是我們辛亥山區最有名的天才。」

大湖公園捷運站屋頂，邱灩對她微笑說：「妳一定要轉生成人，而且要成為一個好人。證明給東青丘看，讓那些傢伙知道這是一個『爛規定』。」

當夜鷺精為了保護她，被大湖凶靈滅魂前，對她說：「我跑了，妳怎麼辦？妳可是我……孫女啊……」

當她擊敗大湖凶靈醒來時，小白菇垂下視線，小樹芽感傷地對她說：「是啊，可惜他不在了。」

「不，他在。」許樂天安慰她，「他的內丹和妳的合為一體了，所以他會一直與妳在一起。」

被拉到漩渦底部的絨絨，心跳再次跳動起來，腦中浮現許樂天在地熱谷揮神劍的畫面。

世上最強大的東西，是心念。

她的額頭亮起螢綠色的三角星芒，心中喊道：**風生水起！**

巨大的漩渦竟突然停頓了一下，接著，開始逆轉。

清晨的退潮時間，捷運駛過紅樹林站外的軌道。

濕地保留區中，許樂天孤身一人在棧道上熟睡著。他的下方不遠處，幾隻招潮蟹正在灘地上爬行。

河邊突然冒出一顆女人頭。接著女人一步步從河裡走上岸，赤裸的身軀在晨光下泛起晶瑩光澤。

絨絨一打響指，身上就多了一套衣服。

她按了一下手中的手機開機鈕，毫無反應。她一臉鄙夷地看著碎裂的螢幕說：「嗤，還說是防水的。虧我在海裡找了那麼久。」

（下集待續）

道行高
↑

神仙道、人間道、妖道階品對應總表		
神仙道：神道7階、仙道6階	人間道8階	妖道13階
未知境界：神2～6階	X	未知境界：妖9～13階
神1：蒼昊階	X	
仙6：反璞階	X	
仙5：無明階	X	
仙4：罣礙階	X	妖8：凌穹階
仙3：災厄階	X	妖7：韜光階
仙2：空相階	X	妖6：掣星階
仙1：脫胎階	人8：不滅階	妖5：破霞階
	人7：滅道階	妖4：薄雲階
	人6：悉罪階	妖3：乘風階
	人5：觀蘊階	妖2：湧泉階
	人4：還虛階	妖1：洞燭階
	人3：合神階	
	人2：化氣階	
	人1：煉精階	

↓
道行低

*妖5階=人8階（屍解後）=仙階

境外之城 131

怪奇捷運物語 2：神劍戲月

作　　者／芙蘿
企畫選書人／張世國
責 任 編 輯／張世國、王雪莉
發　行　人／何飛鵬
總　編　輯／王雪莉
業 務 經 理／李振東
行 銷 企 劃／陳姿億
資深版權專員／許儀盈
版權行政暨數位業務專員／陳玉鈴
法 律 顧 問／元禾法律事務所　王子文律師
出版／奇幻基地出版
城邦文化事業股份有限公司
台北市 104 民生東路二段 141 號 8 樓
電話：(02)25007008　　傳真：(02)25027676
網址：www.ffoundation.com.tw
e-mail：ffoundation@cite.com.tw
發行／英屬蓋曼群島商家庭傳媒股份有限公司城邦分公司
台北市 104 民生東路二段 141 號11 樓
書虫客服服務專線：(02)25007718・(02)25007719
24 小時傳真服務：(02)25170999・(02)25001991
服務時間：週一至週五09:30-12:00・13:30-17:00
郵撥帳號：19863813　　戶名：書虫股份有限公司
讀者服務信箱 E-mail：service@readingclub.com.tw
歡迎光臨城邦讀書花園 網址：www.cite.com.tw
香港發行所／城邦（香港）出版集團有限公司
香港灣仔駱克道 193 號東超商業中心 1 樓
電話：(852) 2508-6231 傳真：(852) 2578-9337
馬新發行所／城邦（馬新）出版集團
【Cite(M)Sdn. Bhd.(458372U)】
11, Jalan 30D/146, Desa Tasik,
Sungai Besi, 57000 Kuala Lumpur, Malaysia.
電話：(603) 90578822　　傳真：(603) 90576622

封面書衣插畫 / Blaze Wu
封面版型設計 / Snow Vega
排　　版 / 邵麗如
印　　刷 / 高典印刷有限公司
■2022 年（民 111）3 月 29 日初版一刷

售價 / 360元

國家圖書館出版品預行編目資料

怪奇捷運物語 2：神劍戲月 / 芙蘿著 —初版—
台北市：奇幻基地出版：家庭傳媒城邦分公司
發行；2022.4（民 111.4）
　面：公分 . –（境外之城：.131）
ISBN　978-626-709-4259（平裝）

863.57　　111000811

ISBN 978-626-709-4259

Printed in Taiwan.

※ 本故事內容純屬虛構，如有雷同，純屬巧合。

廣　告　回　函
北區郵政管理登記證
台北廣字第000791號
郵資已付，免貼郵票

104台北市民生東路二段141號11樓

英屬蓋曼群島商家庭傳媒股份有限公司城邦分公司 收

請沿虛線對摺，謝謝

奇幻基地

每個人都有一本奇幻文學的啓蒙書

奇幻基地粉絲團：http://www.facebook.com/ffoundation

書號：**1HO131**　　書名：怪奇捷運物語 **2**：神劍戲月

請於此處用膠水黏貼

讀者回函卡

謝您購買我們出版的書籍！請費心填寫此回函卡，我們將不定期寄上城邦集團最新的出版訊息。亦可掃描QR CODE，填寫電子版回函卡

姓名：＿＿＿＿＿＿＿＿＿＿

性別：□男　□女

生日：西元＿＿＿＿年＿＿＿＿月＿＿＿＿日

地址：＿＿＿＿＿＿＿＿＿＿

聯絡電話：＿＿＿＿＿＿　傳真：＿＿＿＿＿＿

E-mail：＿＿＿＿＿＿＿＿＿＿

職業：□1.學生 □2.軍公教 □3.服務 □4.金融 □5.製造 □6.資訊

□7.傳播 □8.自由業 □9.農漁牧 □10.家管 □11.退休

□12.其他＿＿＿＿＿＿

您從何種方式得知本書消息？

□1.書店 □2.網路 □3.報紙 □4.雜誌 □5.廣播 □6.電視

□7.親友推薦 □8.其他＿＿＿＿＿＿

您通常以何種方式購書？

□1.書店 □2.網路 □3.傳真訂購 □4.郵局劃撥 □5.其他＿＿＿＿

您喜歡閱讀哪些類別的書籍？

□1.財經商業 □2.自然科學 □3.歷史 □4.法律 □5.文學

□6.休閒旅遊 □7.小說 □8.人物傳記 □9.生活、勵志

□10.其他＿＿＿＿＿＿

請於此處用膠水黏貼